엄마를 절에 버리러

트리플

17

엄마를 절에 버리러

TRIPLE

이서수 소설

차
례

엄마를 절에 버리러

우리는 서로에게 비밀 없는 모녀였다.

십대 시절, 내가 반 친구들에게 콘돔을 팔았을 때 엄마는 그 사실을 알고도 놀라지 않았다. 나는 여름 방학 동안 번 돈이 얼만지 태연히 알려주었고, 엄마는 어른들의 눈을 피해 콘돔을 계속 팔 수 있는 방법을 함께 궁리해주었다. 엄마는 내가 장사에 소질이 있다고 말했다. 콘돔 장사는 누군가를 구원해주는 거라고도 했다. 엄마가 그렇게 말한 건 이유가 있었다. 엄마는 나를 임신하는 바람에 어쩔 수 없이 아버지와 결혼했다. 그리고 나를 낳자마자 난관결찰술을 받았다.

너희 아버지가 말을 안 들어서 내가 묶었어.

엄마는 임신이 축복받을 일이라는 생각을 안 했다. 임신 기간 내내 죽고 싶었는데 꾹 참았다고 했다. 나는 엄마의 뱃속에서부터 어두운 기운에 푹 잠겨 있었던 것이다. 절망한 얼굴로 부풀어 오르는 배를 내려다보고 있었을 엄마를 떠올리면, 주변에 나처럼 콘돔 장사를 하는 친구가 없었던 게 엄마의 가장 큰 불운 같았다.

고등학교를 졸업할 때까지 나는 또래 아이들에게 콘돔과 임신 테스트기를 팔았다. 안정적인 수급처가 있었다. 수학 과외 선생님이었던 수희 언니였다. 나는 그녀를 한 번도 선생님이라고 부른 적이 없었다. 늘 언니, 수희 언니, 라고 불렀다. 언니는 항상 가방 안에 콘돔을 한 갑씩 넣어 가지고 다녔다. 하루는 언니가 콘돔을 꺼내 내게 구경시켜주었고, 나는 그걸 친구들에게 팔아볼 궁리를 했다. 그리하여 열일곱 살에 제법 이름을 떨친 콘돔 보따리장수가 된 것이다. 수희 언니는 나에게 어깨를 당당히 펴고 다니라고 말했다. 만일 네가 그 일을 그만두면 이 동네의 많은 십대 커플이 불행한 미래를 맞이할 거라면서. 언니 역시 엄마처럼 임신이라는 사건을 반기지 않았다. 언니는 임신중절수술을 받은 경험이 있었고, 내게 콘돔을 늘 지니고 다니라고 충고했다.

나는 콘돔을 팔아 번 돈으로 대학이 무용하다는 생각을 가진 아버지에게 저항하며 대학에 갔다. 놀라지 마시라. 1958년생인 아버지는 정말로 그렇게 생각했다. 여자는 대학에 갈 필요가 없고, 아들이 아닌 딸을 대학에 보내줄 돈은 없다고. 우리 반 전체를 통틀어 그런 생각을 가진 부모는 나의 아버지뿐이었다. 다들 대학에 못 보내 안달이었지, 대학에 가겠다는 딸을 말리는 아버지는 없었다. 엄마는 아버지에게 적극적으로 대항하지 않았다. 남자는 얼굴이 반반한 게 제일이라면서 인생관이 다른 아버지와 짧은 불장난을 벌인 대가를 톡톡히 치른 엄마는 나에게 대학 등록금을 은밀히 건네주는 것으로 가정의 평화를 지키려 했다. 나는 아버지를 투명 인간으로 대하며 대입 원서를 썼고, 현실적인 타협점을 찾은 끝에 수도권 2년제 대학에 입학했다.

아르바이트와 학업을 병행하며 대학을 졸업한 뒤엔 학자금 대출을 갚기 위해 곧바로 회사에 취직했다. 늘 연애보다 일이 우선이었다. 내가 원한 건 결혼이 아니라 아파트였다. 그러나 어느 날 아버지가 갑자기 쓰러지면서 모든 게 어그러지기 시작했다. 아버지의 기나긴 투병 생활이 시작되었고, 나는 착실하게 모은 적금을 하나씩 헐었다. 마지막엔 청약 통장을 해약했다. 선택할 수 있는 게 별로 없었다. 적금을 해약하거나, 아버지를 해약하거나 둘 중 하나였는데 놀랍게도 적금을 해약하는 편이 더 쉬웠다.

그렇게 삼십대를 통과하며 번 돈을 모두 아버지의 병원비로 썼다. 나는 아버지의 병에 관심을 기울이는 대신 엄마에게 돈만 보내주었다. 나에게 독립적인 주거 공간이 있을 땐 그렇게 했다. 하지만 그 집의 보증금까지 처분한 후로는 어쩔 수 없이 부모님과 함께 살아야 했고, 그때부터 나는 빠른 속도로 시들기 시작했다. 가족이 철저히 무너지면 나의 미래도 그럴 수밖에 없다는 것을 뒤늦게 절감했다.

아버지 곁에 종일 붙어 있어야 하는 엄마. 그런 엄마와 아버지를 부양하기 위해 쉼 없이 일해야 하는 나. 우리는 서로의 사정을 모른 척하고 싶어서 마주 앉아 밥을 먹을 때마다 아버지가 집에 없는 것처럼 행동했다. 아버지 방에 있어? 내가 물으면, 어디로 갔어, 엄마가 답하는 식으로. 그러나 나는 어디로 갔는지 묻지 않았고, 엄마도 아버지가 어딘가로 가버리길 바라는 마음이라는 걸 말하지 않았다. 엄마가 옥수수를 삶다가 내게 고통 없이 죽을 수 있는 방법을 물었을 때, 나는 딱딱한 목소리로 되물었다. 이제 와서 엄마 혼자 죽으면 내가 돈도 벌면서 아버지 간호도 해야 하는데 나보고 어쩌라는 거냐고. 이 집에선 누구도 도망쳐선 안 되었다.

바깥을 구경하고 싶다며 베란다에 라꾸라꾸 침대를 들이게 한 아버지는 낮 동안 그곳에 누워 행인들을 바라보았다. 그러다가 그들을 향해 어눌한 발음으로 뽀또! 라고 크게 외쳤다. 놀란 엄마와 내가 그게 무슨 말이야? 물으면 아버지는 아무 뜻 없어, 라고 힘없는 목소리로 답하면서도 그런 행동을 멈추지 않았다. 왜 하필 '뽀또'라는 과자 이름인지는 알 수 없었다. 뽀또는 오래 전 아버지가 내게 종종 사다주었던, 크래커 사이에 부드러운 치즈 크림이 발라져 있는 샌드형 과자다. 그것을 먹지 않은 지 오래되었는데 뜬금없이 뽀또라니.

어느 눈 내리는 밤, 라꾸라꾸 침대에 누워 있던 아버지는 내게 갑자기 맥주를 사오라고 했다. 나는 환자 주제에 무슨 술이냐고 타박하는 대신 무알코올 맥주와 뽀또를 사왔다. 그리고 베란다에 앉아 펄펄 내리는 눈을 바라보며 아버지와 함께 맥주를 홀짝이고 뽀또를 나눠 먹었다. 실로 오랜만에 먹어본 뽀또는 달고 고소했다. 그 때문인지 아버지는 무알코올 맥주라는 걸 눈치채지 못했다. 알코올이 담뿍 든 술처럼 맛있게 홀짝였다. 흡족한 표정으로 창밖을 바라보던 아버지는 눈을 맞으며 총총 걸어가는 다정한 커플을 보더니 뽀또! 라고 크게 외쳤다. 젊은 커플이 놀란 얼굴로 주위를 살피자 아버지는 얼른 창을 닫으라고 말했다.

엄마는 아버지가 뇌에 또 다른 이상이 생겼거나 긴 투병 끝에 치매가 온 게 분명하다고 생각했다. 나는 아버지가 사람들을 놀려먹는 재미로 그러는 거라고 생각했다. 아버지의 일과는 참혹할 정도로 단순했다. 살겠다는 의지를 갈고닦는 것 외엔 아무것도 없는 것이나 마찬가지였다. 천장 얼룩이나 장판 무늬, 건강하고 활기 넘치는 사람들이 나오는 티브이를 보는 것도 이젠 지겨울 만도 했다. 베란다 침대에 누워 매일 오가는 사람들을 바라보는 게 그나마 가장 나은데 바쁜 그들에게 어떻게 말을 걸어야 할지 모르겠고, 사실 대화다운 대화를 원하는 것도 아니어서 뽀또! 라고 외친 뒤 숨는 것이다.

나는 아버지의 죽음 역시 그런 방식으로 이루어지길 바랐다. 느닷없어서 놀라며, 무슨 의미인지 곱씹다가 이내 잊어버리는, 거리를 걷다가 겪은 이상한 일처럼.

엄마는 어느 날 아버지에게 당신 이제 그만 죽어, 라고 담담하게 말했다. 나는 그런 엄마를 말리지 못했다. 그 말을 들은 아버지는 활짝 웃었다. 그 얼굴을 보니 절대로 죽지 않을 것 같았다. 나보다 더 오래 살 것 같았다. 뽀또! 라고 외치며 세상이 끝날 때까지 살 것 같았다.

나는 엄마를 주방으로 데리고 가서 설탕을 먹였다. 우리는 서로가 너무 지쳐 보일 때마다 서로의 손바닥에 설탕을 한 숟갈씩 올려주었다. 그걸 한입에 털어 넣고, 손을 탁탁 털고, 혀 위에서 빠르게 녹는 설탕 맛을 느끼며 가만히 서 있다가 뒤돌아 주방을 걸어 나가곤 했다. 그러나 그날은 그 방법도 소용없었다. 엄마는 너무 지쳤다고 말했다. 손가락 하나 까딱할 힘이 없다고 했다. 밥하기 싫고, 내가 해준 밥도 먹기 싫다고 했다. 사방에서 멸치액젓 냄새가 난다고도 했다. 자기 옷에서, 아버지 침대에서, 심지어 내게서도. 나는 엄마에게 잠간 쉬고 나면 괜찮아질 거라고 말했다. 이 집에선 누구도 도망칠 수 없다는 걸 다시 상기시키면서.

엄마가 골방에서 불경을 들여다보고 있을 때 아버지가 죽었다. 〈전국노래자랑〉 외국인 며느리 편을 보다가 죽었다. 아버지의 죽음은 나의 바람대로 이루어졌다. 느닷없고, 무슨 의미인지 곱씹다가 결국 그런 건 생각하지 않는 게 낫다는 걸 깨닫는 방식으로. 거리를 걷다가 발치로 추락한 산산조각 난 화분을 본 것처럼.

장례식은 조용하고 쓸쓸했다. 오랜 투병 생활이었으므로 나는 어느 정도 마음의 준비를 하고 있었지만, 엄마는 예상 외로 그러지 않았는지 상실감을 크게 느꼈다. 골방에 틀어박혀 종일 불경만 읽던 시기에 엄마는 차라리 아버지가 죽어서 다시 태어나는 편이 더 나을 거라고 말했는데, 막상 그렇게 되니 아버지가 환생해 동물로 나타날까봐 두려워했다. 엄마는 아버지가 지은 죄가 있으니 모기 같은 해충으로 태어나지 않겠느냐고 태연하게 말했다. 나는 너무 심한 말 같아서 아무런 대꾸도 하지 않다가 아버지가 뭘 그렇게 잘못했느냐고 물었다. 엄마는 아버지가 나를 대학에 보내주기 싫어서 내뱉던 말들을 다 잊은 거냐고 되물었다. 여자는 대학에 갈 필요 없다, 배워서 뭐 하느냐, 시집가면 그만인데. 나는 아버지가 그렇게 말할 때마다 화를 내는 대신 기괴한 동물을 보듯 아버지를 보았다.

엄마는 아버지가 모기로 태어날 게 틀림없다고 며칠 내내 중얼거리더니 잡화점에서 전기 모기채를 사왔다. 그리고 밤마다 그걸 들고 집 안을 서성였다. 두 눈을 크게 뜨고 두 팔을 늘어뜨린 채로, 악귀를 떨치려는 퇴마사처럼 근엄한 표정을 지으며. 나는 모기가 감전사로 죽는 소리를 들으며 아버지를 두 번 죽이려는 엄마가 무섭다고 생각했다. 그러나 앞으로 펼쳐질 우리의 생활보단 덜 두려웠다. 갚아야 할 빚이 있었지만 우리는 너무 지쳐 있었다. 밥을 먹는 것조차 귀찮았다. 그럼에도 라꾸라꾸 침대와 옷장 안에서 썩어가던 아버지의 외출복, 오래전에 말라붙은 면도 크림과 녹슨 면도기 따위를 버렸고, 마지막으로 아버지의 슬리퍼를 버렸다. 아버지의 생일에 내가 선물한 휠라 로고가 박힌 슬리퍼였는데, 아버지는 한겨울에도 병원에 갈 때 그걸 신고 갔다.

장례식장에 엄마의 친구들이 나타났다. 아버지

의 투병 기간 동안 엄마는 그들과 전화로만 수다를 떨었고, 나는 그들을 본 적이 몇 번 안 되었지만 선뜻 이모라고 불렀다. 이모들은 엄마와 나를 보자마자 농담을 한마디씩 던졌다.

둘 다 얼굴이 팍삭 늙었네.

이제라도 해방된 걸 축하해.

엄마는 얼굴이 늙었다는 안숙 이모의 말에 인상을 찡그리더니 대뜸 너도 늙어 보인다고 했다.

과부가 됐으니까 이제 나랑 콜라텍 가줄 거야?

정순 이모가 농담인지 진담인지 그렇게 물었고, 엄마는 내가 거길 왜 가느냐고 말하는 대신 입장료가 얼마냐고 물었다. 그러자 정순 이모는 자기랑 가면 공짜라고 답했다. 엄마는 우리 모두가 깜짝 놀랄 정도로 큰 소리로 웃더니 갑자기 침울한 표정으로 말했다.

얘들아, 나 절에 들어갈 거야.

이모들은 놀라지 않았다. 익히 들었던 말이라서 넌더리가 난다는 표정으로 한숨만 내쉬었다.

다 늙어서 절에 가면 누가 좋다고 하겠냐. 거기가 무슨 노숙자 쉼터인 줄 알아?

정순 이모가 맞장구를 쳤다.

얘 말이 맞아. 절도 돈 있는 사람을 반겨.

엄마는 이모들을 쏘아보았다. 그러더니 종교는 어떤 종교든지 간에 늙고 가난하고 지친 사람들에게 관용을 베풀어야 하는 법이라고 화를 냈다. 이모들은 들은 척도 안 했다. 엄마는 이모들에게 육개장이나 마저 먹으라고 하더니 절에 들어가면 육개장도 못 먹겠네, 라고 중얼거리며 처연하게 웃었다.

나는 엄마의 속내를 알 수가 없었다. 농담인지 진담인지 구별할 수가 없었다. 하지만 어느 쪽이든 엄마는 빚을 갚지 않고 도망칠 생각을 품고 있는 것 같았다. 나는 그것에 대해 항의했다.

나 혼자 빚 다 갚으라는 거야?

그럼 너도 같이 가자.

출가한다고 빚이 사라져?

나에 대해 일절 말을 안 해야지. 어디서 뭘 하다 가 온 건지 숨겨야지.

신원이 불확실한데 누가 받아줘?

노력을 해봐야지. 여기서도 죽어라 노력했는데, 그 정도를 못 하겠니.

묘하게도 우리가 함께 출가하는 광경을 떠올리

니 마음이 편안해졌다. 오랜 간병 생활에 지친 우리는 속세에 미련이 없었다. 하지만 절에도 따라야 할 계율이 있고, 수행자로서 지켜야 할 의무가 있는 법. 그것을 따르지 않으면 결국 쫓겨나고 말 것이다. 내 마음대로 가만히 있을 수 없는 건 속세나 절이나 마찬가지다. 게다가 비구니는 계율이 더욱 엄격하다. 지켜야 할 계율이 348가지에 이른다. 남자 승려에 비해 100개 가까이 많다. 이미 오래전 출가에 대해 알아본 나는 엄마에게 그 사실을 알려주었고, 이모들은 내 말을 들으며 고개를 끄덕였다.

맞아. 불가에서 여성은 질투가 많고 음욕이 넘친다고 하잖아.

나도 들었어. 여자는 욕심이 많아서 중이 될 수 없다고 오십 년 넘게 절에 다닌 우리 엄마가 그러시던데?

엄마는 아무런 말이 없다가 한참 뒤에 그래도 나는 절이 좋고, 이 세상이 싫다고 말했다.

시대가 변했으니 절도 달라졌을 거야. 그리고 내 꿈은 원래 종교인이었어.

이모들은 처음 듣는 말이라는 듯 두 눈이 휘둥

그레졌고, 나는 마음대로 하라고 말했다.

너 화났니?

나는 아무런 대꾸도 하지 않고 머릿속으로 남은 빚을 헤아려 보았다. 큰돈이기는 했지만 열심히 일하면 언젠가 갚을 수 있는 돈이었다. 엄마가 내 표정을 살피더니 잔에 소주를 따르며 말했다.

내가 갑자기 아프기라도 해봐. 그러면 간병 생활 다시 시작이야. 그 지옥 같은 일을 또 반복해야 돼. 그러니까 우리는 여기서 연을 끊는 게 나아. 차라리 그게 더 나아.

엄마의 말에 이모들이 놀란 표정을 지었다.

얘, 무슨 말을 그렇게 하니?

사는 게 그렇게 무서운 일이 아니야.

이모들은 어떻게든 엄마를 위로하려고 했다. 그러나 나는 아니었다. 엄마가 어떤 마음으로 그런 말을 하는지 잘 알았다. 곰곰이 생각해보니 엄마의 말이 맞는 것도 같았다.

알았어, 엄마. 출가해. 우리 이제 자유롭게 살자.

엄마는 소주잔을 들어 올리더니 건배 없이 원샷했다. 그러곤 설탕을 한 숟갈 삼킨 사람처럼 인상을 찡

그리며 웃었다.

*

　　우리의 목적지는 정해져 있었다. 엄마는 그 절이 여전히 그곳에 있다는 걸 알고 기뻐했다. 나를 임신했을 때 찾아갔던 곳이라고 했다. 물론 그런 상태로 출가할 수는 없었고, 단지 어떤 깨달음을 얻고 싶어서 갔는데 결국 벤치에 앉아 졸다가 탑 주위를 돌며 건강한 아이를 낳게 해달라고 기원하고 돌아왔다. 별다른 소득 없는 외출이었지만 신기하게도 그날 이후론 죽고 싶은 마음이 조금 사그라지더라고 했다.

　　나는 엄마가 수술 시기를 놓치고 절에 찾아가 엉뚱하게도 부처님을 원망하고 돌아왔을 거라고 생각했지만 그런 말을 하지는 않았다. 이제부턴 엄마에게 좋은 기억만 남겨주고 싶었다. 아버지를 간병하며 우리는 서로를 지탱해주었지만 서로에게서 받은 상처가 없는 건 아니었다. 나는 엄마에게 일이 힘들다며 짜증을 냈고, 엄마는 나에게 간병이 힘들다며 화를 냈다. 서로가 서로의 일터를 존중해주지 않았다. 날 선 대화가 오간 적이 수만 번이었다. 어쩌면 수십만 번일지도 모른다. 우리 사이에 살기가 비집고 들어오는 날이면 아버지는 라꾸라꾸 침대에서 평소보다 더욱 큰 목소리로 뽀또! 라고 외쳤다. 그때마다 엄마와 나는 동시에 화를 냈고, 그 순간 아버지의 기행에 대항하는 동지가 되었다.

나 어제 아버지 꿈 꿨어.

이부자리에 누워 그런 말을 하니, 엄마는 한숨을 길게 내쉬다가 가만히 고개를 저었다.

나는 너희 아버지가 꿈에 나온 적이 한 번도 없어. 죽기 전에 십 년을 종일 붙어살았잖아. 얼마나 지겨웠는지 몰라. 가끔은 너희 아버지가 사물처럼 느껴질 때가 있었어. 쳐다봐도 아무런 생각이 떠오르지 않는 사물. 한번은 속옷을 삶는데, 너희 아버지도 속옷이랑 같이 삶아버리고 싶더라. 그 사람이 돈 벌어오고 집수리 해주고 그랬던 기억이 다 사라져서 내가 도대체 누구랑 같이 살고 있나 그런 생각이 들었어. 눈앞에 누워만 있는 남자가 오래전 내가 결혼한 그 남자라는 게 믿기지가 않았어.

아버지가 죽은 뒤로 우리는 안방에 들어가지 않았다. 내 방에 이불을 깔고 나란히 누워 잤다. 엄마가 출가하면 나는 곧바로 이사부터 할 것이다. 원룸으로 옮겨서 남은 보증금으로 빚을 조금 갚고, 나머지는 일하면서 착실히 갚아나갈 것이다. 아버지가 나에게 남긴 것은 졸업식 때마다 찍은 판에 박힌 가족사진뿐이었다. 싸구려 꽃다발을 든 채로 활짝 웃고 있는 나와 옆에 서서 경직된 얼굴로 카메라를 바라보는 아버지, 그리고 립스틱만 바른 맨 얼굴로 미소 짓고 있는 엄마. 그때 아버지는 아버지의 자리에 오롯이 서 있었다. 이제 아버지의 몸은 사라졌고, 아버지가 쓰던 물건도 모두 버려졌고, 다만 아버지가 외치던 뽀또! 라는 말만 나의 머릿속에 남았다. 그건 절대로 잊히지 않을 것이다. 편의점에서 뽀또를 발견할 때마다 나의 마음은 딱딱하게 응고될 것이다.

*

　　터미널로 가서 버스를 타려면 서둘러야 했다. 우리는 배낭을 메고 집을 나섰다. 걸음을 재촉하는 와중에 엄마가 갑자기 복권방에 들러야 한다고 말했다. 엄마는 스크래치 복권을 사는 취미가 있었는데, 천 원짜리가 자주 당첨되었다. 절에 가기 전에 굳이 그걸 바꾸고 가겠다고 우겼다. 어쩔 수 없이 복권방에 들렀다. 동네에서 가장 일찍 문을 열고, 가장 늦게 문을 닫는 가게였다. 복권방 사장은 엄마에게 알은체를 했다.

또 천 원짜리가 되셨네요?

엄마는 당첨된 복권을 스크래치 복권으로 바꿨다. 그리고 그걸 내게 주며 말했다.

1등 당첨되면 빚 갚아.

나는 그 말에 웃지 않았다. 엄마는 이제 빚을 내게 떠넘기고 있었다. 그렇게 생각하니 출가하라고 말한 게 후회되었다. 그러나 엄마의 말대로 엄마가 갑자기 쓰러지기라도 하면 나는 죽을지도 몰랐다. 아버지의 간병이 끝나자마자 다시 엄마를 간병할 자신이 없었다. 게다가 엄마에겐 돈 벌어오는 딸이 있지만, 나에겐 자식이 없다. 나는 혼자였다.

우리는 터미널에서 김밥과 튀김 부스러기가 떠다니는 어묵 국물로 아침을 때웠다. 그쯤 되니 마음이 가라앉기 시작했다. 버스를 기다리며 엄마에게 물었다.

절에서 살 수 있겠어?

엄마는 그게 뭐 어려운 일이냐는 듯이 말했다.

너희 아버지 간병했던 것보다 백배는 더 쉬울 거야. 걱정하지 마.

그러나 나는 엄마가 걱정되었다. 엄마는 고기를 좋아하는데. 콜라텍을 다녀온 정순 이모의 말을 듣는 것도 좋아하고, 며느리 흉을 보는 안숙 이모의 말을 듣는 것도 좋아하는데. 그중에서도 엄마가 가장 좋아하는 건 연애 상담 프로였다. 온종일 아버지를 간병하는 엄마가 그런 프로를 열심히 챙겨보는 게 이상해서 한번은 이유를 물었다. 엄마는 약간 쑥스러워하는 얼굴로 말했다. 내가 연애를 많이 안 해봤잖아. 너를 갖는 바람에 남자를 많이 못 만나보고 결혼했어. 너도 알겠지만 너희 아버지랑 나는 정말 안 맞는 사람이야. 하나부터 열까지 다 달라. 가장 중요한 생각도 달라. 아주 환장하면서 살았지. 그 프로를 보면 정말 다양한 커플이 나와. 별의별 일이 다 있어. 근데 뻔한 말로 상담해주고 끝나는 게 아니야. 극복해라, 더 많이 사랑해라, 그런 말만 해주는 게 아니야. 헤어져라, 도망가서 둘이 살아라, 그렇게도 말해. 가슴에서 우러나오는 말을 해줘. 나는 그게 좋아. 그런 말을 시원하게 해준다는 것이.

나는 그렇게 말하는 엄마의 얼굴을 가만히 쳐다

보았다. 그제야 엄마가 이해되었다. 엄마는 도망가라, 너 혼자 살아라, 다 잊어라, 그런 말을 해줄 사람을 애타게 찾고 있었던 것이다. 그러나 나는 엄마에게 그렇게 말해주지 못했다. 속에서 넘쳐나는 말들을 꾹꾹 누르기만 했다. 엄마, 이런 상황에서 아픈 남편 버리고 도망가라고 말해줄 사람 없어. 나한테도 부모 버리고 도망가라고 말해줄 사람 없고. 사람들은 이렇게 말하잖아. 안 됐다. 그렇지만 별수 없다. 힘내라. 앞으로 좋은 일이 생길 거다. 나는 그런 헛소리를 듣고 싶지 않아서 친구들도 다 끊어냈어. 엄마, 우리는 가진 게 너무 없잖아. 아버지가 집도 안 사놓고 쓰러져버렸잖아. 그나마 있는 돈도 병원비로 다 까먹었잖아. 엄마는 종일 아버지한테 붙잡혀서 어미 귀신 같은 몰골로 살고, 나도 종일 일하느라 새끼 귀신 같은 몰골로 살았잖아. 우리가 귀신이었잖아. 그치? 근데 엄마, 이게 다 우리가 감당해야 하는 일이래. 내가 이 모든 걸 받아들여야 하는 게 당연한 거래. 청약 적금까지 해약하고, 집도 없이, 노후 대비도 전혀 하지 못하고 하루하루 갚아야 할 돈만 생각하며 기계처럼 일하는 게 당연한 거래. 아무도 우리를 몰라. 아무도 우리를 알려고 하지 않아. 아무도 우리의 삶이 당연하지 않은 거라고 말해주지 않아. 이건 오로지 우리가 감당해야 할 일인 거야.

버스에 올라 엄마에게 창가 자리를 양보했지만 엄마는 고개를 젓더니 복도 자리에 앉았다. 배낭을 끌어안고 두 손을 만지작거리던 엄마는 버스가 출발한 지 10분 만에 잠들어버렸다. 나는 태평한 얼굴로 잠든 엄마를 보며 어쩌면 이 모든 건 한바탕 지나가버릴 소동인지도 모르겠다고 생각했다. 당사자가 저렇게 편안해 보이니 크게 걱정하지 않아도 될 것 같았다. 여행하는 마음으로 다녀와도 될 것 같았다. 하지만 나는 결국 엄마를 절에 버리러 가는 것인데…….

버스가 서울을 벗어나 교외로 진입했다. 차창 너머 삭막한 겨울 풍경을 바라보다가 문득 이선이 떠올랐다. 아직까지 연락하고 있는 유일한 친구였다. 이선은 아버지와 단둘이 살았고, 이선의 아버지가 이선을 부양하고 있었다. 이선은 돈을 벌지 않았다. 이선은 글쓰기를 좋아하고, 시인지 에세이인지 소설인지 명확히 알 수 없는 글을 많이도 썼다. 가끔 이선에게 전화를 걸면 반가운 목소리로 전화를 받았다. 뭐해, 묻고, 글 써,

책 읽어, 그런 대답을 들었다. 팔자 좋네, 내가 말하고, 팔자 좋지, 이선이 답했다. 이선은 재미난 일이나 이상한 일, 화나는 일은 없는지 물었는데, 나의 일상을 궁금해하는 게 아니라 글감을 얻으려고 그랬다. 그걸 알고 나선 가끔 적극적으로 이선이 쓸 만한 일들을 떠올려보았다. 이번에도 그런 게 떠올랐다. 엄마가 속옷을 삶다가 아버지를 같이 삶아버리고 싶어 했다는 톡을 이선에게 보냈다. 이선은 곧바로 내 톡을 읽었다. 그러더니 15분 뒤에 장문의 톡을 보내왔다. 내용은 역시 이선다웠다. 글감을 던져주면 곧바로 글을 쓰는 친구. 나는 이선의 글을 찬찬히 읽어 보았다.

　　──일을 마치고 돌아오니 아버지가 사라져 있었다. 엄마는 거실 바닥에 앉아 웃으며 티브이만 보고 있었다. 엄마에게 아버지는 어디 갔느냐고 물었다. 그러자 엄마는 베란다에 펼쳐놓은 빨래 건조대를 가리키며 저기 있잖아, 라고 답했다. 나는 건조대에 걸쳐놓은 와이셔츠를 보았다. 저게 아버지라고? 그래. 내가 너희 아버지를 삶았어. 세제를 넣고 푹푹 삶았더니 저렇게 와이셔츠로 변해버렸다. 그럼 이제 어떻게 해? 아버지가 와

이셔츠로 변하면 어떻게 되는 거야? 어떻게 되긴. 와이
셔츠가 됐으니까 제때 빨아주고 다려주기만 하면 되는
거지. 그럼 되는 거야? 그럼 되는 거지. 뭘 더 해주겠니,
와이셔츠한테.

　　나는 이선의 글을 읽고 웃지 않았다. 울지도 않
았다. 아버지가 와이셔츠로 변하다니. 현실성이 없었
다. 내가 말하는 현실성이란 사람이 셔츠로 변할 수 없
다는 의미가 아니다. 아버지와 와이셔츠는 아무런 상관
관계가 없다는 뜻이다. 이선은 나의 아버지가 공장에
다녔으며 평생 와이셔츠를 입은 적이 없다는 사실을 모
르고 있었다. 그러니 이런 상상을 한 거겠지. 나는 이선
에게 재밌네, 라고 톡을 보냈다. 이선은 틈을 두었다가
답했다.

　　―나 이제 이런 글 안 쓰려고.
　　―그럼 무슨 글 쓰려고?
　　―현실적인 글.
　　―그런 글은 피곤해. 그냥 와이셔츠로 변하는
글이나 계속 써. 나쁘지 않으니까.

　—좋은 게 아니라 나쁘지 않은 거잖아. 난 좋은 걸 쓰고 싶어.

　—이선, 좋기만 한 건 없어. 그러니까 나쁘지 않은 걸 선택하고 살아. 살아보니까 그게 정답이야. 나쁘지 않은 게 선택지에 있다는 걸 고마워하며 살아.

　이선은 아무런 대답이 없었다. 나는 이선과 과거에 나눈 대화를 읽어보았다. 우리는 몇 달에 한 번씩만 연락했다. 갑자기 이선이 보고 싶었다. 얼굴을 보지 않은 지도 벌써 삼 년이 넘었다. 그 사이 이선은 계속 무용한 글을 썼고, 나는 부모를 부양했다. 그렇게 생각하니 내 어깨가 조금 펴졌다. 유일하게 연락하는 친구가 이선인 것은 아마도 이런 이유일 것이다. 이선이 어떻게 살고 있는지를 떠올릴 때마다 내 어깨가 아주 조금 펴진다는 것.

　이선은 모를 것이다. 내가 이렇게 형편없는 친구라는 것을.

　　버스에서 내려 곧바로 택시를 잡아탔다. 여기까지 온 김에 바다부터 보자고 말했지만 엄마는 들은 척도 안 했다. 택시 기사에게 목적지를 알려주는 엄마의 표정이 무겁고 진지해서 나도 결국 입을 다물었다. 엄마는 배낭을 품에 안고 두 손을 맞잡았다. 엄마의 주름진 손가락과 검버섯 핀 손등을 바라보고 있는 동안 문득 우리 가족의 말로가 왜 이렇게 된 걸까 싶어서 코끝이 시큰거렸다.

　　끝없이 이어지는 빚을 갚다가 모든 걸 버리고 싶다는 생각을 한 적이 있었다. 나의 가족을 내다 버리고 싶었다. 그날 나는 집으로 돌아가지 않고 엉뚱한 역에 내렸고, 난생처음 동작대교를 걸으며 나에게 가족을 버릴 만한 결단력이 있는지 고심했다. 우리가 가족으로 맺어져 있는 게 슬프고 한스러웠다. 그러나 다시 태어나더라도 부모와 전혀 모르는 사이가 되고 싶진 않았다. 서로를 아예 모르는 채로 살아가는 삶은 상상할 수 없었기 때문이다. 다시 가족으로 만나, 이번엔 돈이 아주 많은 가족으로 만나 서로에게 든든하고 편안한 안식

처가 되어주고 싶었다. 돈이 많으면 그런 가족이 될 수 있을 것 같았다. 우리 가족은 한 번도 그래 본 적이 없으니까. 돈 때문에 서로를 불신하고 불편하게 했으니까. 그런 생각을 하다가 결국 울었다. 다시 태어나도 나의 가족을 만나고 싶어 한다는 게 너무 싫어서 울었다. 돈 많은 가족. 돈 많은. 그 단순하고 편협한 수식어를 원한다는 게 웃기면서도 슬펐다. 그러나 내 마음을 확인한 이상 결국 집으로 돌아갈 수밖에 없었다. 돌아가 다시 엄마와 아버지의 딸이 되었다.

택시 기사가 미터기를 멈추며 말했다.

여기서 걸어 올라가시면 돼요.

요금은 내가 지불했다. 엄마가 가만히 있길래 그렇게 한 것인데, 차에서 내리는 순간 엄마를 절에 버리러 왔다는 실감이 강하게 밀려왔다. 요금까지 내가 냈으니 이건 명백히 나의 의지 같기도 했다. 먼 훗날 엄마가 자신을 절에 데리고 간 사람이 너였다고 말하더라도 반박할 수 없을 것 같았다.

그때도 여길 걸어서 올라갔어. 기억나.

엄마는 임신했을 때를 떠올리는지 부르지도 않은 배를 살짝 어루만졌다. 엄마는 그때 왜 나를 포기하지 않았을까. 어쩌면 엄마도 나도 아버지도 이미 한 번은 전생에서 만나 두 번째로 재회한 건지도 모른다. 이번에도 실패구나, 또다시 서로를 마음껏 사랑할 수 없고 가난하기까지 한 가족이구나, 하고 한탄하면서. 하지만 그건 절대로 알 수 없는 일이지. 알 수 없으니까 우리는 이번 생이 처음인 것처럼 살아간다. 엄마를 처음으로 엄마로 만난 것처럼. 아버지를 처음으로 아버지로 만난 것처럼. 두 사람도 나를 처음으로 딸로 만난 것처럼.

내가 어릴 때 스님 딸하고 친구였다는 얘기해줬니?

아니.

엄마는 걸음을 늦추며 언덕 너머를 바라보더니 그곳에서 엄마의 어릴 적 친구가 걸어오고 있는 것처럼 오래 눈길을 멈추었다.

어릴 때 우리 반에 아버지가 스님인 애가 있었어. 일본에서 불교를 공부하고 온 사람이라는데, 그 종파는 결혼하고 애를 낳아도 된댔어. 하루는 걔가 자기 집에 놀러 가자는 거야, 절에. 궁금해서 따라가봤는데 없는 게 없더라. 외제 화장품도 있고, 냉장고도 있었어.

그 시절엔 냉장고 있는 집이 거의 없었거든. 근데 그게 방마다 있었어. 내가 놀라서 입을 못 다무니까 걔가 신이 나서 벽장을 열더니 포대를 꺼내는 거야. 무거워서 겨우 끌어냈어. 걔가 자루 안에 손을 넣고 크게 휘젓더니 한 움큼이나 되는 동전을 꺼냈어. 그게 다 시줏돈이었던 거야. 자루 한가득. 걔는 그 돈을 자기 돈처럼 마음대로 꺼내서 쓰더라고. 내가 그때 그런 생각을 했어. 우리 아버지는 참 불쌍하고 바보 같다. 뼈 빠지게 농사짓고 사는데 이 집 사람들보다 가난하다.

그래서 절로 가겠다는 거야?

나는 농담처럼 물었고, 엄마는 고개를 저었다.

이젠 알지. 잘못됐다는 걸. 시줏돈을 그렇게 함부로 퍼 쓰면 되니. 더군다나 스님이라는 사람이 물욕이 있으면 안 되지. 그런데 그땐 그런 생각은 못 하고 우리 아버지가 참 불쌍해 보였어.

걷다보니 어느새 원초적인 삼림이 우리를 감쌌고, 우거진 수풀이 우리의 손등과 발목을 내리쳤다. 그 길을 걷는 사람은 우리밖에 없었다. 관광객에게 도통 인기가 없는 절인 것 같았다.

우리는 색 바랜 일주문을 통과했다. 엄마는 배

낭의 어깨 끈을 두 손으로 꽉 붙잡고 조심스러운 걸음
걸이로 마당으로 들어섰다. 탑이 보였다. 엄마가 나를
가진 채로 주변을 돌았다는 탑 같았다. 그쪽으론 눈길
을 주지 않는 엄마를 따라 마당을 가로질렀다. 절간 같
다는 말이 이해될 만큼 사방이 고요했다. 우리는 마당
구석의 벤치에 앉았다.

스님이 보여야 말을 걸어볼 텐데 한 명도 보이
지 않았다. 우리가 온 걸 알고 숨기라도 한 것 같았다.
아무도 나타나지 않으면 그냥 돌아가야 하는 걸까. 그
렇게 돌아가 아무 일도 없었던 것처럼 살아도 되나.

엄마가 배낭을 열더니 물병을 꺼내 물을 마시고
내게도 권했다. 그제야 입 안이 말라 있다는 걸 깨달았
다. 엄마는 배낭 안을 한참 뒤적거리더니 군데군데 멍
든 사과를 꺼냈다. 씻어서 그대로 비닐에 넣었는지 물
기가 묻어 있었다. 엄마는 양손에 힘을 주어 사과를 반
으로 쪼개더니 내게 절반을 건네주었다. 문득 저렇게
악력이 센데 절에서 살려고 하는 엄마가 이상하게 느껴
졌다. 저런 힘으로 계속 돈을 벌어야 하지 않나. 엉뚱하
게도 그런 생각이 들었다.

엄마는 사과를 몇 입 베어 먹다가 갑자기 울기

시작했다.

왜 울어?

내버려둬.

엄마는 버럭 화를 내더니 계속 울었다. 콧물을
훌쩍이고, 눈물을 손등으로 훔치고, 간간이 사과를 베
어 먹으며 울었다.

그만 울어. 쪽팔려.

내버려두라니까.

엄마는 앙칼지게 소리를 지르더니 계속 울었다.
울려고 여기까지 왔나 싶어서 화가 났다. 이럴 거면 혼
자 오지 왜 나를 데리고 왔나. 임신한 채로 이 절에 왔
을 때가 떠올라서 저러는 건가 싶어서 엄마가 얄밉고,
불쌍하고, 그만 좀 했으면 싶었다. 엄마를 울게 만드는
엄마 인생의 모든 것을 내다 버렸으면 싶었다. 그게 나
일지라도.

어디선가 소리 없이 스님이 나타났다. 뒷짐을
지며 우리 앞을 천천히 걸어가던 그가 우리를 돌아보
았다.

여행 오셨어요?

스님은 엄마가 엉엉 우는 걸 봤을 텐데도 시침

을 뚝 뗀 얼굴로 물었다. 엄마는 아니라고 말하지 못했다. 손등으로 눈물을 닦기만 했다.

　　착한 딸이죠?

　　스님은 대뜸 엄마에게 물었다. 엄마를 데리고 여행 다니는 착한 딸이라고 오해한 걸까. 그럴 리는 없다. 스님은 엄마가 통곡하듯 우는 걸 보았을 테니까. 내가 착한 딸이라서 우는 게 아니라는 걸 쉽게 짐작했을 테니까. 아니에요, 스님. 저는 엄마를 절에 버리러 왔어요. 이 말이 입 속에서 계속 맴돌았다.

　　여행 잘하고 돌아가세요.

　　스님은 그렇게 말하며 엄마를 짧게 쳐다보더니 나를 길게 보았다. 눈빛이 매서웠다. 반짝거리는 두피가 무기처럼 날카롭게 느껴졌다. 스님은 다시 발소리 없이 사라졌다.

　　나는 눈물을 그친 엄마의 팔을 툭툭 치면서 말했다.

　　엄마, 저 스님이 알아챘나보다.

　　뭘?

　　엄마가 여기 빌붙어 살려는 걸.

　　엄마는 주섬주섬 배낭을 챙기며 말했다.

눈치도 빠르네……. 가자.

엄마를 따라 일어서며 나도 모르게 웃음이 터졌다.

*

엄마는 소주가 달다고 했다. 나도 그랬다. 달았다. 우리는 서더리탕을 안주로 소주 두 병을 나눠 마셨다. 엄마도 나도 서로의 주량에 놀랐다. 둘 다 취하지 않았다. 이상하게도 술을 마시면 마실수록 정신이 말짱해졌다. 핸드폰 카메라 앱을 열어서 엄마를 여러 번 찍었다. 자동 보정 필터가 엄마의 얼굴을 주름과 잡티 하나 없이 팽팽하고 맑게 바꿔주었다. 엄마는 사진을 보더니 자기가 이렇게 생겼느냐고 물었다. 필터를 사용한 걸 모르는 것 같아서 그렇다고, 사진과 똑같이 생겼다고 답해주었다. 엄마는 사진을 몇 번이나 들여다보았다. 그러더니 나를 찍어주었고, 옆머리에 새치가 잔뜩 생긴 걸 뒤늦게 알아보고 속상한 표정을 지었다. 엄마는 새치 염색약이 남았다며, 집으로 돌아가면 염색부터 하라고 말했다.

　이선에게서 톡이 왔다. 끈적거리는 손을 물수건으로 닦아내고 천천히 읽어보았다.

　—소원아, 인생은 플레이리스트 같다. 듣기 싫은 음악을 참고 들으면 언젠가 좋은 음악이 나오잖아. 그러니까 좋은 음악이 나올 때까지 기다리자, 우리.

　나는 피식 웃고 핸드폰을 내려놓았다. 엄마는 냄비 안을 휘젓다가 국물밖에 없다는 걸 깨닫고 국자를 내려놓더니 말했다.

　아까 받은 복권 어디 됐어?

　주머니에. 지금 긁어볼까?

　나는 스크래치 복권을 꺼내 숟가락으로 긁어보았다. 어쩐지 큰돈이 당첨될 것 같은 예감이 들었다. 만일 1등에 당첨되면, 나는 엄마를 절에 버리러 왔다가 엄마와 함께 어떤 아파트를 사야 할지 고민하는 사람이 될지도 모른다. 은행에 넣어두고 이자를 받을까 아니면 월세가 나오는 꼬마 빌딩을 살까. 별의별 상상을 다 하면서 복권을 긁었다.

　꽝이야?

아니. 천 원짜리.

엄마는 한참 웃더니, 자기는 왜 자꾸 천 원짜리만 당첨되는지 모르겠다고 말했다. 너무 어중간하다고 했다. 만 원이면 모를까 천 원이라니. 새 스크래치 복권으로 바꿔 오는 것 외엔 할 수 있는 게 없다.

어쩌면 엄마의 인생이 그런지도 모른다. 천 원짜리만 간간이 당첨되는 인생. 새 스크래치 복권을 받아서 이번엔 1등에 당첨되게 해달라고 간절하게 소원하는 인생. 그런 인생이 길게 이어지는 것이다. 끝까지. 당첨 없이 소원만 비는 인생이 끝까지. 엄마가 내 이름을 김소원이라고 지은 것은 아마도 그런 의미이려나. 소망을 담아서 간절하게 뭔가를 바란 것이려나. 그 소망이 뭔지 나는 알 것 같았다. 언젠가 이선에게서 들었던 말이 떠올랐다.

엄마, 샷건 하우스라는 단어 알아?

몰라.

미국에 그런 집이 있어. 모든 방이 일렬로 붙어 있는 구조의 집. 문을 열고 들어가면 거실, 그 뒤에 주방, 그 뒤에 안방, 그 뒤에 작은 방. 이런 식으로 모든 공간이 일렬로 붙어 있는 거야. 그래서 현관에서 총을 쏘면 총알이 끝 방까지 일렬로 관통해. 운이 나쁘면 현관을 뚫고 들어온 총알 하나로 그 집의 모든 가족이 죽을 수도 있어.

……그렇겠네.

우리가 딱 그렇게 살았던 거 같아. 일렬로 서서. 맨 앞에 아버지, 다음에 엄마, 그다음에 나. 누군가 총을 쏘면, 아버지가 맞고, 엄마가 맞고, 내가 맞는 거지. 그렇게 다 죽는 거야.

이 말은 마음속으로만 했다.

생각에 잠겨 있던 엄마가 이윽고 고개를 들어 나를 보았다.

소원아, 너는 가족이 무섭지?

나는 대답 없이 잔에 남은 소주를 마셨다.

노을이 수평선 위에 넓게 퍼지고 있었다. 우리는 해변에 우두커니 서서 노을을 바라보았다. 지나치게 아름다운 광경이라 엄마와 나는 계속 감탄했다. 우리가 이 세상에서 엄마와 딸로 만난 이유가 오로지 저 일몰을 함께 보기 위해서라는 생각이 들 정도로 아름다웠다.

열일곱 살의 내가 떠올랐다. 나는 무엇 때문에

그 어린 나이에 악착같이 콘돔을 팔았나. 지금 그 돈은 다 사라지고 없는데. 혹시 나는 아이들이 더 이상 태어나지 않았으면 하는 바람을 품고 있었던 게 아닐까. 아이들이 태어나 가족이 만들어지면, 그 안에서 일어나는 모든 일들에 대한 책임을 나눠 져야 하니까. 그다음엔 룰렛 게임이다. 어떤 가족에겐 불행이 당첨된다. 불치병과 기나긴 투병 생활과 병원비 때문에 죽고 싶은 마음이 당첨된다. 어떤 가족에겐 안도감이 당첨된다. 나쁘지 않은 건강과 폭등한 자산 가치 때문에 살아볼 만한 마음이 당첨된다.

엄마가 코를 훌쩍이며 말했다.

혹시 내가 많이 아프면, 도망가. 원망하지 않을 테니까 멀리 도망가.

그걸 말이라고 해, 나는 그런 표정으로 엄마를 돌아보지 못했다. 그냥 바다만 바라보며 툴툴거렸다.

어쩌려고? 혼자 죽으려고?

엄마는 다부진 표정으로 말했다.

몰라. 일단 너부터 살리고 나서 생각해볼 거야.

나는 붉어진 눈가를 들키고 싶지 않아서 서둘러 배낭을 열어 불꽃놀이 폭죽 세트를 꺼냈다. 174발로 구성된 상품을 두 세트나 샀다. 통이 크기도 하지. 나는 나 자신을 칭찬했다.

여행이 아니라고 생각했으면서 왜 속옷을 챙겨 왔나. 왜 불꽃놀이 세트를 잔뜩 사 왔나. 엄마와 바다를 보러 가서 회를 먹어야지 결심하고, 소주도 나눠 마셔 야지 생각하고. 혹시 엄마가 울면 불꽃놀이 하자고 말 하면서 달래야지. 그런 생각을 하며 이렇게 많이 샀다.

엄마는 내가 건넨 30연발짜리 폭죽을 손에 들 고 하늘을 향해 곧게 쏘아 올렸다. 그것은 힘차게 솟아 올라 허공에서 팡 터졌다가 빛나는 튀밥처럼 빛을 뿌리 며 검은 파도 위로 추락했다. 기대했던 선명한 아름다 움과 찰나의 폭발력은 순식간에 지나갔다. 엄마는 그럴 줄 알았다는 듯이 웃었고, 나도 싱겁게 웃었다.

우리에겐 아직 폭죽이 많이 남아 있었다. 팡 터 뜨리고, 와아 감탄하고, 피시식 사라질 폭죽이 100발 넘게 남아 있었다. 엄마의 손에 불붙은 폭죽을 건네주 며 나는 이 순간을 엄마가 영원히 기억하길 바랐다. 우 리가 더 이상 함께할 수 없는 그날에도. 찬란하게 떠올 라 이내 어두운 바다 속으로 녹아 사라지더라도.

피융! 파앙! 피시시이익.

피융! 파앙! 피시시이익.

지나가던 사람들이 엄마가 쏘아 올린 폭죽을 바라보며 환하게 웃었다. 엄마는 그들을 잠깐 돌아보더니, 당찬 소녀 같은 얼굴로 폭죽을 높게 쏘아 올렸다.

암 늑대 김수련의 사랑

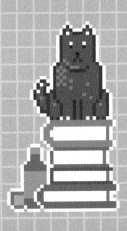

이사 온 첫날, 엄마는 싱크대 하부장을 수세미로 여러 번 닦아냈다. 이전 세입자가 물엿을 엎질렀는지 바닥면이 끈적거렸다. 그 일을 마친 뒤엔 안방 장판을 닦아냈다. 엄마의 둥근 몸은 온종일 집안 곳곳에 다붙어 있었고, 팔을 세차게 움직일 때마다 앞뒤로 흔들리고 위아래로 들썩였다. 보증금 4천만 원에 월세 30만원, 붉은 벽돌로 지은 다가구 주택 1층. 안방은 제법 컸고, 작은 방도 그리 작지 않았다. 무척 낡았지만 우리에겐 좋은 집이었다. 엄마는 열성을 다해 청소했다.

엄마가 청소하고 있는 동안에도 나는 소설을 썼

다. 퇴근 후 로맨스 판타지 소설을 써서 일주일에 두 편
씩 사이트에 올렸다. 공모전이 진행되는 기간이었다.
최소 업로드 횟수를 지켜야 참가 자격이 주어졌기에 열
심히 쓸 수밖에 없었다. 엄마는 내가 밤늦게까지 소설
을 쓸 때마다 주방에서 분주히 움직였다. 퇴근 후에도
쉬지 않고 돈을 벌겠다고 고생하는 딸을 보니 자기도
가만히 있을 수 없다고 했다. 쪽파를 다듬고 마늘을 빻
고 생강을 다지고 도라지 껍질을 숟가락으로 긁어냈다.
엄마는 김치 담그는 걸 무척 좋아했고, 우리 집엔 종류
별로 서너 가지의 김치가 늘 있었다. 나는 엄마에게 김
치 전문 반찬 가게를 해보라고 말했지만, 가게를 차릴
돈이 없다는 건 둘 다 알았다.

공모전이 끝난 뒤 나는 한 통의 이메일을 받았
다. 수상작으로 선정되진 않았지만 작품을 계약하고
싶다는 내용이었다. 나는 엄마에게 이 소식을 알렸다.
〈알토란〉을 보며 노트에 건강 지식을 꼼꼼히 적고 있던
엄마의 두 눈이 휘둥그레졌다.

그럼 이제 작가가 되는 거니?

그렇다고 봐야지. 월세 정도는 벌 수 있을지도
몰라.

너 정말 대단하다.

엄마는 내가 로맨스 판타지 소설을 쓴다는 걸 알았고, 자신의 첫사랑을 넌지시 말해주기도 했다. 도움되는 이야기는 아니었다. 엄마는 짝사랑하는 남학생에게 고백 한번 해보지 못하고 중학교를 졸업했고, 고등학교엔 입학하지 못했다. 곧바로 타지에 나가 돈을 벌어야 했기 때문이다. 엄마의 첫사랑은 로맨스 판타지라는 장르에 전혀 걸맞지 않았다. 듣다보면 딸을 차별한 할아버지에게 화가 나고, 검정고시를 보거나 방통대에 가지 않은 엄마가 답답하고, 나는 그렇게 살지 말아야지 다짐하게 되는 종류의 이야기였다.

엄마의 콤플렉스는 낮은 학력이었다. 그걸 극복하기 위해 젊은 시절부터 열심히 책을 읽었지만 엄마는 여전히 자신이 무식하다고 생각했다. 실은 대학까지 나온 내가 엄마보다 더 무식했다. 엄마는 책과 잡지를 틈나는 대로 읽고, 티브이도 자주 봐서 아는 게 정말 많았다. 티브이를 좋아하면 바보가 된다는 건 옛말이다. 엄마는 티브이를 보며 다양한 사람들의 사연을 듣고 잘 알려지지 않은 지식을 배웠다. 아침마다 포털 사이트에 접속해 기사를 읽고, 노트북에 한글문서로 일기를 쓰기도 했다. 엄마는 내가 알려주는 것들은 죄다 배웠고, 금세 익히지는 못해도 몇 년에 걸쳐 천천히 익혔다. 배움에 있어선 늘 인내심이 대단했고 무척 성실했다. 엄마에겐 단 한 가지가 부족했다. 자신감.

　　엄마는 중졸인 자기보다 다른 사람들이 훨씬 똑똑할 거라고 생각했다. 내가 엄마에게 그렇지 않다고, 사회생활을 하다보면 이상한 사람을 정말 많이 만나는데 그런 사람들에 비하면 엄마는 똑똑한 편이라고 말해도 믿으려 하지 않았다. 나는 엄마가 법정 스님의 수필을 필사하는 걸 알고, 『좋은생각』을 읽다가 좋은 구절에 밑줄을 긋는 것도 알고, 수필에 가까운 일기를 쓴다는 것도 알지만, 이건 나만 아는 사실이다. 엄마는 늘 사람들에게 자기는 가방끈이 짧아서 무식하다고 말했다. 남편이 결혼하자마자 도망갔고 혼자 딸을 키웠다고 말했다. 할 줄 아는 게 별로 없어서 평생 몸 쓰는 일을 하고 살았다고 말했다. 사람들은 처음엔 엄마를 동정했지만 다툼이 일어나면 엄마를 깔보았다. 그런 일들이 엄마에겐 모두 상처가 되었다.

　　엄마는 간병인으로 일하다가 기저귀 도둑으로 몰린 뒤 화병이 났고, 결국 집에 틀어박히게 되었다. 와중에 코로나 바이러스가 퍼지고 팬데믹이 시작되면서 엄마의 외출은 더욱 뜸해졌다. 그래도 일주일에 두세 번은 체육공원에 갔다. 운동을 하는 게 아니라 벤치에 가만히 앉아 있다가 돌아왔다. 언젠가 주말 낮에 그곳에 갔다가 혼자 있는 엄마를 보았다. 그날따라 바람이 많이 불어 운동장에 모래 먼지가 피어올랐다. 엄마의 발치에 비둘기 몇 마리가 돌아다니고 있었다. 엄마는 트랙을 걷고 있는 사람들을 바라보다가 간간이 보온병을 열어 보리차를 마셨다. 참 심심해 보였다.

연애와 거리가 먼 삶을 살았던 엄마처럼 나 역시 제대로 된 연애 경험이 없었다. 설렘은 고작 한 달도 지속되지 못했고, 자꾸만 사이를 비집고 들어오려는 현실은 무거웠다. 나는 결혼이라는 미래를 그려볼 수가 없었다. 내가 다니는 회사엔 기혼 여성인 선배가 없었다. 그러므로 결혼은 나의 미래가 될 수 없었다. 나는 나만 믿고 엄마를 지키면서 우리의 미래를 준비하는 것에만 집중하고 싶었다.

절절한 사랑은 한 번도 해본 적 없었지만 로맨스 소설을 쓰며 온갖 판타지를 떠올리는 건 어렵지 않았다. 그 일엔 부동산과 연금이 끼어들 자리가 없었다.

로맨스 소설을 쓸 때 회사에서 겪은 분통 터지는 일을 잊을 수 있었고, 죽이고 싶을 만큼 얄미운 상사도 떠오르지 않았다. 오로지 사랑만 하면 되었다. 열렬히 사랑만 하면 페이지가 가득 채워졌다.

첫 달엔 28만 원을 벌었다. 다음 달엔 19만 원을 벌었다. 그리고 그다음 달엔 8만 원을 벌었다. 수익이 점점 눈에 띄게 줄어들었다. 나는 새로운 로맨스 소설을 쓰기 시작했다. 이번엔 단행본 길이가 아니라 150회 이상의 연재 분량이 나올 수 있는 긴 이야기였다. 수익 면에선 단행본보다 훨씬 나은 선택이었다. 그러나 매회 에피소드를 만들려면 상당한 품이 들었다. 글이 풀리지 않으면 밤을 꼬박 새우기 일쑤였다.

오늘도 밤샘 작업 후 버스에 앉아 꾸벅꾸벅 졸다가 내려야 할 정거장을 그냥 지나칠 뻔했다. 뒤늦게 버스에서 뛰어내리다 계단에서 미끄러졌는데 발목에는 크게 이상이 없었지만 왼쪽 손목이 너무 아팠다. 넘어지려는 몸의 무게를 지탱하려다가 힘줄을 다친 것 같았다. 손목에 붕대를 감은 채로 집으로 돌아와 엄마에게 자초지종을 설명했다. 옷을 갈아입고 거실로 나오니 엄마가 양 소매를 걷어 올리고 있었다.

씻겨줄게.

내가 할게.

그 손으로 어떻게 머리를 감아?

결국 엄마 손에 머리를 맡겼다. 둘이서 좁은 욕실에 있으니 자꾸만 여기저기 부딪혔다. 엄마는 샴푸를 지나치게 적게 썼다. 거품이 잘 안 났다. 나는 머리를 감고 나서도 찝찝한 기분이 들었다. 거울을 보니 관자놀이에 거품이 묻어 있었다. 엄마는 자기 발을 씻느라 여념이 없었다. 내 머리는 대충 감겨주더니 자기 발은 살구비누로 발가락 사이까지 꼼꼼하게 닦아냈다. 나는 세면대 수도꼭지를 틀어 관자놀이를 닦고 물기를 털어냈다. 무심코 눈길을 돌리는데, 벽면 모서리 귀퉁이에 꼬물거리는 것이 보였다. 커다란 집게벌레였다. 벽 안쪽에서 밖으로 나오려다 몸통이 끼어버린 것 같았다.

엄마는 수건으로 내 머리칼을 거칠게 문지르다가 물었다.

뭐 보니?

벌레.

엄마는 몸서리치는 시늉을 하더니 내 머리를 수건으로 대충 감싸놓고 욕실 밖으로 나갔다.

나는 벌레를 좀 더 관찰했다. 밖으로 나오지도, 안으로 들어가지도 못하는 상태로 꽉 끼어버린 벌레를. 너 이제 어쩔래. 자기 몸집은 생각지도 않고 비좁은 틈으로 나오려다가 오도 가도 못하게 되었는데. 나는 벌레에게 잔소리를 늘어놓았다. 엄마가 알면 엉뚱하다고 하겠지만, 엄마는 모른다. 내가 엉뚱한 소녀라는 것을 예전에도 몰랐고 지금도 모른다. 맨날 돈 얘기만 하니까 엄마는 내가 어른인 줄 알지만 나는 자라지 않았다. 아홉 살 언저리, 많아도 열한 살 어디쯤에서 멈추어버렸다. 그때부터 내가 엄마를 지켜줘야 한다는 생각만 했다. 엉뚱한 공상을 자주 한다는 걸 숨기고, 반 친구들에 비해 일기를 세 배 이상 길게 쓴다는 사실을 숨기고, 일기가 아니라 소설을 쓴다는 사실을 숨기고, 담임이 나의 상상력을 칭찬하며 모험 소설이 아니라 일기를 써오라고 말해도 좀체 듣지 않으며. 담임은 그런 나를 엉뚱하다고 비난하는 대신 작가가 되어보라고 말했다. 나는 그 말을 귀담아듣지 않는 척하며 귀담아들었다. 작가는 돈을 많이 버는 사람인지 물었더니 담임의 표정이 서서히 어두워졌다.

　　그날부터 내 꿈은 깊숙한 상자 속에 숨겨놓고

살았는데 이제 와서 다시 소설을 쓰고 있다. 투잡을 하지 않으면 굶어 죽을 것처럼 말하며 소설을 쓰고 있는데, 엄마는 알까. 실은 소설 쓰는 게 너무 즐겁다. 즐거운데 즐겁다고 말하지 못하겠다. 무언가를 좋아한다고 말하는 것조차 사치로 느끼는 엄마처럼 나 역시 그런 어른이 되어버렸다.

식탁 앞에 앉아 붕대로 감은 손목을 들여다보고 있는데 엄마가 곁으로 다가와 머뭇거리며 물었다.

소설은 좀 쉬어야겠네?

줄거리나 생각해놔야지.

그럼 이참에 내가 쓴 소설 좀 읽어볼래?

나는 놀란 얼굴로 엄마를 돌아보았다.

소설을 썼어?

내가 어릴 때 무협 소설을 정말 많이 읽었거든. 그래서 한번 써봤어.

무슨 내용인데?

반인반수. 화가 나면 짐승으로 변하는 여자의 이야기야.

짐승?

손등에 털이 나고, 눈이 파래지고, 등이 굽는 거야. 늑대처럼. 한번 읽어보고 돈이 될지 어떨지 말해줘. 너는 작가니까 알 거 아니야.

엄마는 안방에서 노트북을 가져왔다. 화면에 한글문서 창이 띄워져 있었다. 내가 쓴 소설을 다 읽었다는 건 알았지만 엄마가 소설을 쓸 줄은 몰랐다. 나는 배움에 대한 엄마의 인내심과 성실함을 까맣게 잊고 있었다. 엄마는 쪽파 한 단을 신문지로 싸서 품에 안아 들고 방으로 들어갔다. 나는 곧바로 엄마가 쓴 소설을 읽기 시작했다. 제목이 눈에 들어왔다. 「암 늑대 김수련의 사랑」.

웃음이 쿡 났지만 엄마가 들을까봐 꾹 참았다.

주인공의 이름은 김수련. 60세 독신 여성이다.

수련은 마흔이 되던 해에 작은 미용실을 열었다. 둘째 주와 넷째 주 일요일, 한 달에 두 번만 쉬며 오랜 기간 성실히 일했다. 그러나 팬데믹 시대가 오면서 손님 수가 급감하고, 월세도 내지 못하는 처지에 놓인다. 생계가 막막해진 수련은 마트에서 물건을 훔치기로 한다. 찹쌀고추장 한 통과 양조간장 한 병을. 그걸 바퀴 달린 장바구니에 넣고 몰래 뒷문으로 나오던 수련은 결국 마음을 바꾼다. 이런 짓까지 해서는 안 될 것 같다. 수련은 다시 양념 코너로 돌아간다. 선반 위에 양조간장을 올려놓으려는데, 마침 그 광경을 목격한 직원이 수련에게 다가온다.

손님, 마트에 비치되어 있는 바구니만 쓰세요. 계산을 하려는 건지, 그냥 가시려는 건지 저희가 알 수 없어서요.

수련은 손님들이 마트용 바구니 대신 개인용 장바구니에 물건을 담아서 카운터로 들고 가는 것을 몇 번 보았다. 직원 역시 그렇게 오해한 것이다. 수련은 그러겠다고 말한 뒤 양조간장을 선반 위에 올려놓고, 연이어 찹쌀고추장도 꺼내놓는다. 직원은 다른 곳으로 간다. 수련을 조금도 의심하지 않은 것 같다. 안도하는 동시에 자괴감에 빠진 수련은 자신을 미워하기 시작한다. 도둑질이라니. 여덟 살 때 딱 한 번 물건을 훔쳤던 적이 있지만, 그 뒤론 남의 것을 탐한 적이 없었다. 벌이는 적어도 늘 성실히 일하며 생활을 꾸려갔다. 그런데 이제 와서 도둑질이라니. 반세기 동안 정직하게 살아온 자신을 이렇게 쉽게 저버릴 수는 없었다. 도둑질하는 순간 미용사 김수련이 아니라 범죄자 김수련이 되는 것이다.
그렇게 생각하며 돌아서던 수련은 미용실 단골손님 정
강문과 마주친다.

　　강문은 수련의 가게에 달에 한 번씩 왔던 손님
이다. 백발을 염색하지 않고 늘 커트만 하고 돌아갔다.
한번은 수련에게 시장에서 산 것이라며 손두부를 건네
주었고, 사루비아 화분을 선물해준 적도 있었다. 수련
은 그를 볼 때마다 반가웠지만 그 이상의 감정은 억눌
렀다. 너무 늦었다는 생각뿐이었다.

　　강문은 울고 있는 수련을 보더니 두 눈을 크게
떴다. 마스크를 쓰고 있어서 눈만 보였는데, 그래서인
지 눈으로 감정 표현을 다 했다. 강문은 수련에게 왜 우
느냐고 물었다. 수련은 가게에 왜 안 오시냐고 도리어
물었다. 원망의 감정을 숨기지 않고 고스란히 드러냈
다. 강문은 무척 미안해하더니 머뭇거리며 말했다. 단
골 미용실을 바꿨다고. 길 건너 대로변에 새로 문을 연
미용실로 간다고. 그곳의 커트비는 꽤 저렴했다. 수련
은 그에게 실망했다. 두부며 꽃 화분은 도대체 왜 준 건
가 싶었다. 그래서 화난 목소리로 이제 미용실 문을 닫
아야 할 것 같다고, 손님이 없어도 너무 없고, 다른 가게

도 마찬가지겠지만 자기는 모아 둔 돈이 없어서 더 이상 버틸 수가 없다고 말했다. 강문은 어찌할 바를 모르더니 미안하다고 말했다. 그러면서 어떻게든 잘 버텨보라는 하나 마나한 말을 하고 돌아섰다.

수련은 뒤늦게 깨달았다. 배신당했다고 생각하니 숨어 있던 마음이 전면에 드러났다. 아아, 나는 저 사람을 사랑했구나. 사랑이 아니라고 애써 생각했던 것은 사랑이 확실하기 때문에 부렸던 사치스러운 투정이었구나.

장바구니를 끌고 탄식하며 돌아서던 수련은 바닥에 떨어져 있는 배춧잎을 밟고 획 미끄러진다. 잠깐 동안 기절해 있던 수련은 바닥에서 천천히 일어난다. 그리고 주변을 둘러본다. 쓰러진 장바구니에서 굴러 나온 애호박이 눈에 들어왔다. 그랬다. 수련은 애호박도 훔쳤다. 그럼에도 그것을 제자리로 가져다 놓지 않고 뒷문으로 몰래 빠져나가려고 했다. 애호박으로 호박전을 부쳐 먹으려고 했다.

수련은 애호박을 주워 판매대 위에 올려놓고 치맛자락을 털었다. 하릴없이 범죄자가 된 기분이었다. 배춧잎을 밟고 미끄러진 범죄자. 무심결에 돌아보니 강

문이 그녀를 쳐다보고 있었다. 수련은 창피했다. 강문
이 다가와 장바구니를 일으켜 세우고 안에 뭐가 들었
는지 살폈다. 그런 행동에서 수련은 그녀에 대한 역력
한 의심을 읽어냈다. 수련은 화가 났다. 2천 원을 아끼
려고 다른 미용실로 가버린 단골손님 정강문. 손두부와
꽃 화분을 선물하며 추파를 던진 정강문. 그건 사실 추
파가 아니라 커트비를 깎아보려는 속셈이었는지도 모
른다. 그런 정강문을 기다리고, 또 기다리고, 하염없이
기다리며, 팬데믹이 뺨을 할퀴고, 백신이 온몸을 두들
겨 패고, 자영업자 지원금이 심장을 옥죄는 시간을 견
뎠다. 그러나 이젠 견딜 수 없이 화가 났다. 팬데믹에게,
정강문에게, 그리고 자신에게.

수련은 온몸에 극심한 통증을 느끼기 시작했다.
갑자기 수련의 손등에 털이 돋아나더니, 두 눈에 푸른
광채가 돌고 등이 활처럼 굽었다. 마침내 수련은 암 늑
대로 변신해 마트 밖으로 맹렬히 달려 나갔다.

이어지는 이야기는 없었다.
나는 한동안 백지만 바라보았다.
엄마가 도둑으로 몰렸던 일이 떠올랐다. 고용주

는 환자의 딸이었는데 엄마를 믿지 않았다. 환자가 쓰는 성인용 기저귀를 훔쳐 가서 엄마가 쓴 건지, 다른 사람에게 판 건지 사실대로 말하라고 했다. 엄마는 결백을 주장했지만 아무도 엄마의 말을 믿어주지 않았다.

어쩌면 김수련은 엄마의 분신일지도 모른다. 그런데 엄마의 인생에 로맨스가 있었던가? 아버지 말고, 있었던가?

엄마와 로맨스라는 단어는 정말 안 어울리고, 그런 생각을 하는 딸은 어쩐지 불순하다. 그래도 엄마와 모텔도 아니고, 엄마와 로맨스는 그나마 낫지 않나. 엄마는 아버지를 제외하곤 평생 아무하고도 연애를 못해봤을 거다. 나 역시 로맨스와 거리가 먼 삶을 살고 있다. 이제 와서 우리에게 로맨스가 필요할까? 필요 없다. 나는 엄마만 있으면 된다. 하지만 엄마에게도 나만 있으면 될까. 공원 벤치에 앉아서 바람 부는 운동장을 바라보는 엄마의 마음엔 무엇이 가득 차 있을까. 그리움이나 외로움이라면, 그래도 나만 있으면 된다고 주장할 수 있을까. 하지만 엄마 나이에 로맨스가 뭐야. 내 나이에도 로맨스는 뭐가 될 수 없는데. 엄마에게 로맨스가 왜 필요해. 나에게도 로맨스는 필요 없는데. 우리에겐 로맨스 소설이 있고, 우린 그걸 쓸 수 있는 사람들인데. 그러므로 더욱 필요 없지.

나는 엄마가 무슨 생각으로 이런 글을 쓴 건지 알 수 없었다. 돈을 벌려고 쓴 걸까, 나를 웃기려고 쓴 걸까. 이런 글은 사이트에 올려도 반응이 돌아오지 않으리라는 건 자명했다. 상품 가치가 떨어졌다. 예순 살 여성의 사랑 이야기. 게다가 판타지 소설이라고 하기엔 지나치게 현실적이다. 생계가 곤란해져서 간장을 훔치고, 애호박으로 전을 부쳐 먹으리라 계획하고, 곧 김치 담그는 이야기가 나올 게 뻔한데……. 엄마의 생활이 소설 속에 담겨 있었다. 엄마가 이따금 찾아가는 김수자미용실 사장님이 소설의 모티브가 되었음은 물어보지 않아도 알 수 있었다. 사루비아는 엄마가 가장 좋아하는 꽃이고, 뒷문에 도난 방지 시스템이 설치되어 있지 않은 형제마트가 소설 도입부의 무대일 것이다. 하지만 그곳에도 감시 카메라는 설치되어 있는데 엄마는 그걸 간과하고 있다. 감시 카메라에 늑대로 변하는 모습이 다 찍혔을 텐데. 이래서 시대적 배경이 현대이면 거추장스러운 게 많아지는 법이라고 말해주어야 할까.

엄마가 방에서 슬그머니 나오더니 내 눈치를

살폈다. 나는 터치패드를 만지작거리며 생각에 잠긴 척했다.

별로니? 재미없어?

엄마는 이거 쓸 때 재밌었어?

……어.

그럼 계속 써. 엄마가 재미를 느껴야 독자도 재미를 느껴.

너는 이 글이 재밌니?

재밌어.

엄마는 한시름 놓았다는 듯이 웃었다.

이 뒤엔 어떤 이야기를 쓸 건데?

엄마는 고민 없이 입을 열었다.

집으로 간 김수련은 다음 날 거울을 보고 깨달아. 스무 살 때로 돌아갔다는 걸. 젊고 아름다웠던 시절, 뭐든 다 할 수 있는 시절로 돌아간 거야. 하지만 김수련은 화가 나면 늑대로 변하는 약점도 갖고 있어.

그게 약점인가?

내 말에 엄마는 고심하는 표정이 되었다. 나는 이 이야기가 구닥다리인지 신선한지 판단을 내릴 수가 없었다. 당연히 구닥다리라고 해야 할 것 같은데 어쩐지 그럴 수가 없었다. 엄마가 말했다.

　내가 어릴 때 무협 소설을 많이 읽었다고 했잖아. 근데 주인공이 죄다 남자였어. 나는 특히 반인반수이야기를 좋아했는데, 그런 이야기에 여자가 주인공이어도 괜찮지 않겠니?

　근데 왜 하필이면 늑대야? 늑대 인간이랑 비슷하잖아.

　그치. 근데 나는 늑대가 참 멋있다고 생각해. 은색 털이 빛나는 암 늑대를 떠올려봐. 얼마나 멋있니? 그리고 늑대는 부부로 연을 맺으면 평생 같이 산다잖아. 그러다 한 마리가 죽으면 다른 한 마리가 책임을 다해 자식을 기른대.

　나는 아무런 대꾸도 하지 않았다. 아버지가 생각났다. 아버지는 죽지 않고 사라졌지만 엄마는 책임을 다해 나를 길렀다.

　글이 좀 이상하지?

　아니야. 안 이상해.

　로맨스인지 아닌지도 잘 모르겠어.

　로맨스 맞아.

　이 나이에 이런 글을 쓰고, 창피한 일 아니니?

　　나는 암 늑대로 변하는 여성의 사랑 이야기를 쓰는 엄마가 낯설게 느껴졌다. 엄마의 글을 읽고 당황하는 나 역시 낯설긴 마찬가지였다. 엄마가 재혼하더라도 놀라지 않을 자신이 있었는데, 알고 보니 허세였다. 그런 일이 벌어진다면 나는 엄마를 뜯어말리느라 진이 빠질 것이다. 왜 그런 사랑을 다시 하려고 해. 나는 엄마의 사랑이 어떤 사랑인지도 모르면서 '그런' 사랑이라고 치부할 것이다. 첫 번째 선택을 길게 탓하며.

　　엄마, 이 소설 끝까지 써봐.

　　엄마는 반색하며 나를 돌아보았다. 그러나 표정과 달리 입으론 딴소리를 했다.

　　이런 걸 뭐 하러 더 쓰니. 누가 읽는다고. 내용이 이상하잖아.

　　안 이상해. 그러니까 계속 써.

　　엄마는 나를 돌아보더니 진심인지 아닌지 가늠하듯 내 얼굴을 가만히 보았다. 나는 엄마의 눈빛에서 기쁨과 설렘을 감지했다.

　　그만 쓰려고 했는데 네가 써보라고 해서 쓰는 거야.

　　마침내 엄마는 선심 쓰듯 그렇게 말하더니 활짝

웃었다.

*

　　핸드폰이 진동했다. 메시지 미리 보기 창에 입
금 내역이 떠올랐다. 이번 달 인세로 두 달 치 월세를
방어할 수 있었다. 엄마는 나의 두 번째 소설이 첫 번째
소설보다 훨씬 더 재미있다고 평했다. 독자의 생각 역
시 마찬가지였다.

　　엄마는 더 이상 자기가 쓴 소설을 보여주지 않
았다. 내용이 점점 이상해져서 골치가 아프다고 했다.
왜 이런 걸 썼는지 모르겠다고 말했다. 후회하는 게 아
니라 답답해하는 것 같았다. 어떤 방향으로 가야 할지
몰라서 길을 잃은 사람의 얼굴이었다. 그러면서도 온
얼굴에 생기가 넘쳐흘렀다. 어떻게 그게 동시에 가능한
지 나도 알 수가 없었다. 창작의 기쁨과 고통을 오가는
엄마를 보며 나도 저런 얼굴을 하고 다니는가 싶었다.

　　직장에선 요새 연애하느냐는 말을 들었다. 얼굴
이 한결 밝아 보인다고 했다. 성숙해 보인다고도 했다.
나는 그들이 아무 말이나 지껄이는 줄 알았는데, 의외

로 내 상태를 정확히 꿰뚫고 있어서 내심 놀랐다. 소설을 쓴다고 말하는 것보다 연애하고 있다고 말하는 편이 더 나을 것 같아서 결국 부정하지 않고 내버려두었다.

퇴근 후 엄마와 마주 앉아 저녁을 먹으면 엄마의 한숨에 시금치나물이 폭 시들어버릴 것 같았다. 그러나 다음날엔 트로트를 부르며 욕실을 청소하는 엄마의 모습에 놀랐다. 그렇게 몇 달간 심한 감정 기복을 보이던 엄마는 드디어 내게 소설을 보여주었다.

나는 엄마가 어떤 방식으로 사랑에 대해 이야기하는지 궁금했다. 엄마가 아버지와 나누었을지도 모르는 사랑이 궁금했던 게 아니다. 엄마가 창작한 사랑 이야기가 궁금했다. 나는 의자를 바짝 끌어당겨 앉은 뒤 집중해서 읽기 시작했다.

스무 살로 돌아간 김수련.

그녀는 미용실 집기를 처분한 돈으로 낡은 스쿠터를 구입해 음식을 배달한다. 팬데믹이 시작된 뒤로 배달 주문이 급격히 늘어나 수입이 나쁘지 않았다. 비대면으로 일거리를 주는 방식이었기에, 수련은 서류상 나이와 실제 외모가 다르다는 것을 들키지 않을 수 있었다.

　　어느 날 음식을 배달하던 수련은 으슥한 골목에서 치한에게 끌려갈 뻔한 여성을 구해준다. 구조된 여성은 수련이 늑대로 변하는 모습을 목격했지만 비밀을 지켜준다. 그 뒤로 수련은 일부러 늦은 시각에만 배달하며 위험에 빠진 여성을 구하고, 취객을 파출소에 데려간다. 길고양이를 학대하는 사람을 응징하고, 편의점을 털려는 강도를 제압하고, 뺑소니범을 붙잡는다. 수련은 그렇게 많은 사람들을 돕지만, 일을 마치고 집으로 돌아가면 마음속 깊은 곳에서 외로움이 치솟았다. 그녀는 자연스레 정강문을 떠올렸다.

　　그를 다시 볼 수 있다면……. 그를 본다고 무언가 이루어지는 것도 아니고, 미풍에 흔들리는 거미줄의 움직임보다 더 미미한 일이 일어나겠지만, 그럼에도 수련은 그를 다시 보고 싶었다. 강문은 그녀가 늑대로 변하는 걸 보았을 것이다. 하지만 아직까지 수련의 미용실로 찾아오지 않았다. 수련은 강문이 이토록 자신에게 관심이 없는 이유가 뭘까 생각했다. 관심은 곧 사랑이잖아. 그러니 사랑하지 않는 것일 테지. 수련은 그런 결론을 내리고 지친 표정을 하고서 오랜만에 미용실로 향했다. 그새 더욱 확산된 전염병 때문에 손님이 거의 찾아오지 않는 그녀의 미용실로. 수련은 집기를 모두 처분하고도 이십 년 동안 정든 가게를 선뜻 정리하지 못한 상태였다.

미용실에 도착한 수련은 가게 앞에서 낯선 여자와 마주친다. 수련은 그녀에게 머리를 하러 온 건지 묻는데, 여자가 갑자기 눈물을 흘리기 시작한다.

내가 누군지 알아보지 못하겠지요?

수련은 그녀의 말투에서 익숙한 느낌을 받지만 그녀가 누군지 유추해내지 못한다.

무슨 일로 오셨어요? 왜 우세요?

여자는 수련을 슬픈 눈길로 응시하다가 이윽고 입을 연다.

당신에게 사루비아 화분을 선물했지요.

수련은 그녀가 하는 말을 이해할 수 없다.

내가 누군지 아직도 모르겠어요?

수련은 자기도 모르게 정강문, 이라고 말한다. 그러자 상대의 눈이 커다래진다.

내가 누군지 아는군요. 당신은 알아보는군요.

그녀는 기쁜 얼굴로 수련의 손을 잡는다.

당신이 늑대로 변한 뒤에 당신의 장바구니를 챙겨 들고 곧바로 뒤따라갔지요. 하지만 당신은 금세 저 멀리 사라지더군요. 그래서 어쩔 수 없이 장바구니를 끌고 여기로 왔는데, 밤새 당신을 기다리다 가게 앞에서 잠이 들어버렸어요. 아침에 지나가던 행인이 깨워줘서 눈을 떴는데 참 이상하지 뭐예요. 내가 변해 있었어요. 이런 모습으로요.

그녀는 정강문과 닮은 구석이 전혀 없었다. 그러나 수련은 강문이 여자로 변한 것을 믿어야 하는지 고민하지 않았다. 자신은 늑대로 변하고, 강문은 여자로 변했다. 이상하게도 이 상황이 편안하게 느껴졌다. 수련은 강문에게 고백했다. 실은 오래전부터 그를 사랑하고 있었다고.

수련은 자신이 무얼 원하는지 잘 알았다. 결혼해서 아이를 낳고 사는 것도 나쁘지 않지만 그런 삶은 이미 살아본 기분이 들었다. 늑대로 변하는 여성이 살 만한 삶처럼 느껴지진 않았다. 암 늑대 김수련은 다르게 살아야 하는 법. 누군가의 아내로 살아갈 수 없는 운명인 거야. 수련은 그런 결론을 내린다. 그러니 강문과 살자고. 여자로 변한 강문과 살면서 암 늑대 김수련으로 살아가자고.

나는 미간에 주름을 만든 채로 엄마의 소설을 읽다가 도대체 이게 무슨 내용인가 싶어서 당황했다. 강문은 이십대 여성으로 변한 수련을 어떻게 한눈에 알아봤으며, 수련 역시 여자로 변한 강문을 어떻게 대번에 알아봤을까. 로맨스 판타지 소설에 한 가지 법칙이 있다면, 예상 가능한 범위 안에서 사랑이 펼쳐진다는 것이다. 그러므로 엄마의 소설은 조금 이상하다고 볼만했다. 두 주인공의 마음이 서로 통했다는 것은 알겠는데, 왜 하필 늑대로 변하는 여자와 과거엔 남자였던 여자의 사랑 이야기인가. 나는 궁금했다. 이성애자인 엄마는 왜 한 여성이 남성을 지극하게 사랑하는 이야기가 아니라 이런 이야기를 썼을까.

거실로 나온 엄마가 내게 감상을 물었다. 나는 고민 끝에 말했다.

재밌네. 더 써봐.

엄마는 깜짝 놀란 얼굴로 나를 돌아보았다.

재밌다고? 너는 이게 재밌니?

어떤 이야기가 펼쳐질지 전혀 예상이 안 되니까

재밌어.

내가 왜 이런 이야기를 썼나 몰라.

혹시 엄마는 좀 이상한 사람인가?

내 말에 엄마는 크게 웃었나. 어찌나 밝게 웃는 지 깜짝 놀랄 정도였다.

그래. 네 말이 맞아. 나는 이상한 사람이야.

엄마는 그렇게 말하며 한참 동안 웃었다. 나는 그 순간 엄마가 정말로 이상하다고 생각했다. 그러나 이상하면 어떤가 싶었다. 저렇게 밝게 웃는 걸 보니, 엄마는 자기가 이상한 사람이라는 게 좋은 모양인데.

*

하연아, 너 거위가 어떻게 사랑하는지 아니?

몰라.

거위는 말이야, 자기가 사랑하는 존재가 있으면 온몸을 내던져서 사랑한대. 근데 바람도 엄청 많이 피우고, 질투심도 무척 강하대.

누가 그래?

티브이에서 봤어. 그리고 거위는 종을 초월한

사랑을 한대. 그래서 인간도 사랑할 수 있대. 종이 다른
건 중요하게 생각하지 않는대. 참 웃기지?

엄마는 거울호수를 물끄러미 바라보며 말했다.
나는 체육공원 벤치에 앉아 있던 엄마를 한강으로 데려
왔다. 반차를 쓰고 기습적으로 엄마 앞에 나타났는데,
엄마는 의외로 기뻐하지 않았다. 한강으로 소풍을 가서
치킨도 먹고 맥주도 마실 생각이었지만 엄마는 기름진
건 소화가 안 된다며 치킨을 거부했고, 낮부터 술을 왜
마시냐며 보온병에 담아온 보리차만 마셨다. 나는 모처
럼 기분을 내려다가 흥이 가라앉고 말았다. 엄마는 돈
을 아끼자고 했다. 아껴서 뭐 하려고? 그렇게 묻는 나에
게 집 사야지, 라고 답해서 대꾸할 말이 없게 만들었다.

엄마, 오늘 뭐 했어?

엄마는 머뭇거리다가 말했다.

일 좀 알아봤어. 간병일 다시 하려고. 내가 너무
오래 놀았잖아. 기다리면 코로나가 끝나겠지 했는데,
계속 안 끝나니까 이러다가 굶어죽겠다 싶어서. 근데
너 그거 알았니? 차라리 내가 코로나에 걸렸으면 더 좋
았을 거야.

그게 무슨 소리야?

코로나에 걸렸다가 완치된 간병인을 구하는 사람들이 많대. 환자가 위험해지지 않으니까. 그런 간병인은 돈을 몇 배나 더 준대.

나는 뭐라 대꾸할 말이 없었다. 엄마와 함께 살며 혹시 엄마에게 피해를 줄까봐 회사에서도 계속 마스크를 쓰고 일했다. 엄마 역시 너른 체육공원과 사방이 트여 있는 재래시장을 제외하곤 거의 외출하지 않았는데, 차라리 걸리는 편이 나았다니.

그래도 후유증이 생기는 것보단 낫잖아.

엄마는 아무런 대답이 없다가 말했다.

이 일은 늘 자리가 있는 편이야. 아픈 사람이 왜 이렇게 많은지 모르겠어.

우리의 시선은 거울호수로 향했다. 거울호수는 호수가 아니라 호수처럼 보이는 거대한 물웅덩이였다. 무척 넓고 평평해서 하늘과 나무가 수면 위에 그대로 비쳤는데, 언뜻 보면 호수처럼 보였지만 실제론 수심이 한 뼘도 되지 않았다. 거울호수에선 매일 분수 쇼가 열렸고, 우리는 그걸 기다리고 있었다.

우리 근처에 비둘기 두 마리가 나타났다. 옅은 갈색의 산비둘기였다. 한 마리가 펜스 아래로 들어가 수면을 부리로 쪼았다. 거울호수에 자주 오는지 태연한 자세로 물을 마셨다. 그리고 그 비둘기를 바라보는 다른 비둘기가 있었다. 미동도 없이 기다리다 친구가 물을 다 마시자 다시 함께 걷기 시작했다. 우리는 동시에 감탄했다.

너 비둘기 싫어하지 마. 물 먹는 친구를 기다려주는 걸 보니 인간과 다를 바가 없네.

그럼 엄마도 쥐 싫어하지 마. 쥐도 기다려줄지 모르잖아. 바퀴벌레도 싫어하지 마. 바퀴도 기다려줄지 모르잖아.

바퀴는 안 기다려줄걸.

모르지.

징그럽다. 바퀴도 친구를 기다려주면 어쩌니. 미워할 게 없네.

우리는 동시에 서글프게 웃었다. 비둘기가 사라진 뒤 나는 커피를 사오겠다며 자리에서 일어났다. 우리는 파라솔이 꽂혀 있는 4인용 벤치에 앉아 있었다. 그늘이 점점 길어졌다. 엄마가 자기 커피는 사오지 말라고 당부했다. 돈을 한 푼도 쓰지 않으려는 엄마에게 질려서 나는 한숨을 내쉬며 걸었다.

　　근처 카페에서 줄을 서서 기다리다가 커피 한 잔을 사들고 돌아왔다. 그새 엄마는 테이블에 엎드려 잠들어 있었다. 나는 깜짝 놀랐다. 밖에서 잠든 엄마를 보고 있으려니 기분이 묘했다. 왜 집 놔두고 밖에서 자는 거야. 나는 밖에서 잠든 아주머니나 할머니를 본 적이 드물었고, 그런 아저씨나 할아버지를 본 적은 많았지만 늘 같은 생각을 했다. 왜 집 놔두고 밖에서 자는 걸까. 그러나 야외 테이블에 엎드려 잠들어 있는 엄마를 보니 어쩐지 이해가 되기도 했다. 가끔은 집이 사람을 불편하게 할 때가 있다. 내가 마련해놓은 공간이 나를 옥죄는 기분이 들 때가 있다.

　　나는 맞은편 자리에 앉아 커피를 홀짝였다. 엄마의 주름지고 통통한 손이, 반지 하나 없는 손이 내 쪽을 향해 있었다. 나는 엄마의 손등에 핀 검버섯을 보다가 엄마의 소설을 떠올렸다. 엄마의 인생과 너무나 다른 로맨스 판타지 소설을. 엄마는 몇 달째 소설을 보여주지 않았다. 넌지시 물어도 대답을 피했다. 나는 엄마의 소설이 어떤 결말을 향해 달려갈지 무척 궁금했지만 그런 마음을 잘 표현하지 못했다. 현실의 문은 늘 힘겹게 열었던 엄마가 상상의 문은 쉽게 열었다는 것이 나를 조금 두렵게 했다. 왜 두려운 건지도 모르면서 나는 엄마의 글과 엄마의 상상이 두려웠다. 엄마가 내게서 아주 멀리 떨어져 있는 것 같았고, 영영 돌아오지 않을 것 같았다. 혹시 엄마도 내 소설을 읽을 때마다 그런 생각이 들까. 내가 전혀 모르는 사람처럼 느껴질까. 가족인데 아는 게 하나도 없었다는 것을 깨닫게 될까. 나는 그랬는데, 엄마도 그럴까.

갑자기 요란한 음악이 들려왔다. 분수 쇼가 예고 없이 시작되었다. 나는 엄마의 어깨를 흔들어 깨웠다. 고개를 든 엄마의 이마에 빨간 자국이 나 있었다. 엄마는 어리둥절한 얼굴로 분수 쇼를 쳐다보았다. 여기가 어딘지 모르는 표정이었다.

분수 쇼 시작했어.

엄마는 음악에 맞춰 솟구치는 물줄기를 쳐다보았다. 나는 물줄기가 그리는 포물선이 하늘 높이 닿길 바랐지만, 그것은 계속 하찮은 높이로만 치솟았다.

이게 분수 쇼니?

어. 시시해?

아니. 안 시시해. 멋있어. 이거 설치하느라 힘들었을 텐데 시시하다고 하면 안 되지.

그러나 우리는 좀 시시하다는 눈빛으로 분수 쇼를 보았다.

집으로 돌아와 엄마와 저녁밥을 먹었다. 매일 먹는 반찬에 두부조림만 새로 한 것이었다. 엄마는 멸치볶음을 먹다가 갑자기 웃었다.

멸치가 이렇게 작은데, 눈도 있고 입도 있네. 있을 건 다 있다는 게 웃긴다, 얘.

그게 뭐가 웃겨.

웃기잖아. 작은 게 꼴을 갖춰보려고 용썼다는 게.

하나도 안 웃겨.

하연아, 너 수미감자라고 아니?

몰라.

옛날에 우리 엄마가 수미감자를 자주 쪄줬어. 껍질을 벗겨서.

할머니가?

응. 우리 엄마가. 티브이에서 봤는데, 수미감자엔 비타민과 철분이 많이 들었대. 우리 엄마가 나한테 몸에 좋은 감자를 줬던 거야.

나는 엄마가 '우리 엄마'라고 말할 때마다 흠칫

놀랐다. 마치 옆방에 할머니가 있는 것처럼 자연스레 할머니 얘길 하는 엄마가 나는 좀 낯설었다. 엄마는 내 표정을 살피더니 뜬금없이 피부가 좋아졌다고 말했다. 자기는 이제 틀린 것 같다며, 어제 흑설탕으로 팩을 했는데 효과가 없는 것 같다고 했다.

피부가 너 같았으면 좋겠어.

엄마는 내가 질투나?

질투가 왜 나. 딸인데. 질투하는 게 아니라 부러운 거지.

그게 다른가?

다르지. 완전히 다른 거야.

내 표정을 살피던 엄마가 연이어 말했다.

너는 하고 싶은 거 다 하고 살아. 뭐라고 할 사람 없으니까 그렇게 살아.

엄마도 그렇게 살아.

나는 늦었지. 다 지나갔어.

엄마는 빈 그릇을 차곡차곡 포개더니 휴지를 조금 뜯어서 식탁 위에 떨어진 김칫국물을 닦아냈다. 그리고 김칫물이 든 휴지를 꼭꼭 뭉쳤다. 나는 그런 엄마를 보며 침묵 속에 전달되는 엄마의 목소리를 들었다.

하연아, 내 인생은 이대로 끝나는 걸까. 이렇게 못 배우고, 경험 적고, 만나본 남자도 덜떨어진 너희 아버지 한 명밖에 없는 채로 끝나는 걸까. 나는 그게 좀 억울해. 내가 해본 게 너무 없는데 환갑이 된 게 억울해. 나는 네가 부러워. 얼마나 부러운지 몰라. 네가 환갑이 되면 나랑 얼마나 다른 모습이겠니. 인생에 끼어들어 간섭하는 인간들이 없으니 너는 얼마나 너답게 늙겠니. 많은 것을 하겠지. 나는 내 인생에 끼어들어 이래라저래라 간섭했던 인간들 때문에 내 뜻대로 살 수가 없었는데, 지금 그 인간들 코빼기도 안 보여. 어디 갔니. 다들 어디 간 거야. 집은 있는 거야. 나만 집이 없는 거야. 내 오빠들은 집이 다 있는데 나는 집이 없어. 그래서 화가 나서 연락도 안 해. 내가 이 나이에도 자존심이 세서 오빠들한테 굽힐 줄을 몰라. 근데 그 자존심의 원천이 바로 너야. 내 딸, 정하연. 연애보다 일을 우선시하는 내 딸 정하연은 절대로 내 꼴은 안 날 거야.

나는 그릇을 포개서 개수대로 가져갔다. 엄마는 내게서 그릇을 받아들더니, 안방에 들어가 노트북을 켜보라고 했다.

드디어 완성한 거야?

　　엄마는 물을 세게 틀고 수세미로 그릇을 북북
문질렀다.

　　……몰라. 완성이 뭔지 모르겠어.

　　작가가 모르면 누가 알아?

　　작가는 원래 아는 거니?

　　몰라도 알려고 노력해야지.

　　모르겠어. 나는 작가가 못 되려나봐. 언제 완성
인지 모르겠어.

　　둘이 사랑을 이뤘어?

　　어.

　　둘이 행복해졌어?

　　어.

　　그럼 완성이네.

　　엄마는 고개를 갸웃거리더니 말없이 그릇을 헹
구기만 했다. 내 말에 동의할 수 없다는 표정이었다. 그
래. 나도 아는데, 엄마도 알겠지. 사랑을 이루고 행복해
져도 선뜻 완성이라고 말할 수가 없다는 걸.

　　안방으로 들어가 엄마의 책상 앞에 앉았다. 노
트북 옆에 노트 한 권이 펼쳐져 있었다. 악필에 가까운

엄마의 글씨가 보였다. '전동차 내 비상시 행동 요령'. 뜬금없이 이게 무슨 글인가 싶어서 노트를 집어 들었다. 네 줄의 문장이 쓰여 있었다.

1. 객실 양 끝에 위치한 비상통화장치로 **딸**과 통화합니다.
2. **딸**의 안내에 따라 출입문 비상개폐핸들을 돌린 뒤
3. 출입문을 양쪽으로 밀어 문을 연 뒤 탈출합니다.
4. 선로에 다른 열차가 오는지 주의하여야 합니다.

이게 도대체 뭐지. 지하철에서 언뜻 본 것도 같은데, 이런 걸 왜 노트에 써놓았는지 알 수가 없었다. 나는 펜을 들어 '딸'이라는 단어 위에 줄을 직직 긋고 '승무원'이라고 적어 넣었다. 열차 안에서 비상시 딸한테 전화하는 엄마가 되지 말고, 승무원의 안내에 따라 침착하게 탈출하는 엄마가 되길 바라는 마음을 담아서. 그러나 정말로 그런 상황이 오면 나는 핸드폰을 손에 꼭 쥐고 엄마의 전화를 손꼽아 기다릴 것이다. 도대체 왜 연락을 안 하는가, 속이 타들어가는 심정으로.

노트북 바탕화면에 여러 개의 한글문서가 보였

다. 그중에서 파일명 '암 늑대 김수련의 사랑'을 찾아 더 블클릭했다.

　　나는 문서가 열리길 기다리며, 은빛 털을 휘날리는 암 늑대로 변한 엄마를 상상했다. 그 등에 올라타 털을 꼭 쥐고 있는 어린 나의 모습도……. 엄마가 달릴 때마다 나는 위아래로 들썩이고, 엄마의 털을 더욱 세게 거머쥔다. 떨어지지 않으려고. 어떻게든 함께 가려고. 바람을 가르며 우리는 함께 달린다.

　　눈을 뜨니 엄마가 쓴 사랑의 세계가 화면 가득 펼쳐져 있었다.

있잖아요 비밀이에요 *

* 동명의 영화에서 제목을 따왔다.
〈있잖아요 비밀이에요〉(1990).

차기훈은 퇴근 후 집 앞에 도착했을 때 한 통의
전화를 받았다. 부하 직원 민해연에게서 걸려온 전화
였다. 그녀는 차기훈에게 떨리는 목소리로 말했다. 함
께 살고 있는 언니가 몸살 기운이 있어서 자가 진단 키
트로 검사를 해보았는데 양성이 나왔다고. 차기훈은 민
해연에게 내일부터 출근하지 말고 자택에서 대기하라
고 지시했다. 언니가 PCR 검사를 받으면 결과를 다시
알려달라고 덧붙이며. 전화를 끊은 뒤 차기훈은 곧바로
서한지에게 전화를 걸었다. 상황을 전해들은 서한지는
차기훈에게 기다리라고 지시한 뒤 전화를 끊었다. 차기

훈은 붉은 벽돌로 지어진 낡은 건물을 우두커니 올려다 보며 서한지의 전화를 기다렸다.

차기훈과 통화를 마친 서한지는 젖은 머리칼을 수건으로 문질러 닦으며 작은방의 문을 벌컥 열었다. 〈식객 허영만〉을 보고 있던 김월희는 놀란 얼굴로 고개를 돌렸다. 김월희가 보고 있던 건 '거지탕'이라는 음식이었다. 김월희는 어릴 적 자주 먹었던, 전과 생선을 넣고 끓인 요리의 이름이 거지탕이라는 것을 그날 처음 알았다. 무척 반가운 마음이 들어 서한지에게 말해줘야겠다고 생각했지만, 서한지가 '거지'라는 단어에 예민하게 군다는 사실이 떠올라 혼자만 알고 있어야겠다고 마음을 바꿨다. 서한지가 김월희에게 전했다. 차기훈과 같은 팀에서 일하는 부하 직원의 가족이 확진된 것 같다고. 그 말에 김월희는 바닥에서 벌떡 일어났다.

뭐? 차 서방이 확진이라고?

서한지는 그런 게 아니라, 그럴 가능성이 있다고 차분한 어조로 답했다.

김월희가 가장 두려워하던 일이 일어나고 말았다. 가족이 확진자가 되거나 밀접 접촉자가 되는 것. 김월희는 백신을 맞지 않았다. 백신에 대한 불신 때문이 아니라 복용하고 있는 약 때문이었다. 김월희는 이십 년 가까이 신경정신과 약을 복용하고 있었다. 약을 먹지 않으면 견디기가 무척 힘들었는데, 정확히 무엇을 견디기 힘든 것인지는 아직까지 밝혀내지 못했다. 자기 자신인지, 외도한 남편인지, 이혼 그 자체인지를 말이다. 김월희의 담당의는 백신을 접종해도 된다고 말했지만 김월희는 그 말을 믿기 힘들었다. 한 움큼이나 되는 알약을 볼 때마다 그런 생각은 더욱 강해졌다. 다른 환자들은 어떤지 궁금해 병원 대기실에서 조심스레 물어보았더니, 다들 이틀 정도 약을 먹지 않고 백신을 맞고 있었다. 약을 복용하면서 백신을 맞은 사람도 물론 있었다. 그러나 김월희는 이십 년 동안 하루도 거르지 않고 약을 먹어 왔기에 고작 이틀일지라도 복용을 중단하는 건 내키지 않았다. 하루만 먹지 않더라도 우울증이 심각해질 것 같았고, 그렇게 되면 자신이 어떻게 변할지 알 수 없었다. 김월희는 자신을 믿지 않았을 뿐더러 괜찮을 거라는 담당의의 말도 믿지 않았다. 그렇게 김월희는 미접종자가 되어 확진자가 폭증하던 겨울 내내 마트에서 장을 봐오는 것 외엔 집 밖으로 한 발자국도 나가지 않았다.

엄마, 당장 백신부터 맞아. 이제 코앞으로 다가온 일이야. 진정한 위드코로나라고.

김월희는 결국 그렇게 하겠다고 고개를 끄덕였다. 하지만 담당의를 만나 한 번만 더 물어보고 싶었다. 신경정신과 약을 매일 먹는 환자가 정말로 백신을 맞아도 안전한 것인지. 그러나 의사 역시 장담할 수 없는 일이라는 것도 알았다. 만일 김월희가 부작용을 겪더라도 상관관계를 밝혀내긴 어려울 것이다. 김월희는 전염병이 도는 세상에 대한 공포심이 한층 더 깊어졌다. 전쟁을 겪고 있는 기분이었다. 김월희는 한국 전쟁이 끝나고 태어났기에 전쟁의 상흔만 어렴풋이 기억하고 있을 뿐 직접 겪은 자가 느꼈을 고통은 몰랐다. 고향의 뒷산에 빨치산이 있었다고 듣긴 했지만, 그때 느꼈던 막연한 공포심은 지금 맞닥뜨린 백신에 대한 공포와 비교되지 않았다. 이것은 내 몸에 직접적으로 가해질 피해였다. 그러나 김월희는 더 이상 주저해선 안 된다는 것을 알았다.

의사한테 한 번 더 확답을 듣고 맞을게.

그럼 간 김에 진단서도 끊어 와.

김월희는 알겠다고 고개를 끄덕이며 물었다.

뭐가 필요했지?

서한지는 핸드폰 메모장을 열더니 필요한 서류를 하나씩 불러주었다. 초진기록지, 경과기록지, 투약기록지. 김월희는 그것들을 노트 귀퉁이에 적었다. 서한지는 그런 김월희를 물끄러미 바라보다가 말했다.

만약 안 되면, 그때는 어떻게 돈을 벌지 생각해보자.

서한지는 안방 옷장에서 차기훈의 잠옷과 속옷, 이불과 베개를 꺼내어 골방으로 들고 갔다. 주방에 딸린 골방은 북향이라 빛이 들지 않고, 온갖 잡동사니가 쌓여 있었다. 그래도 한 사람이 누워 잘 정도의 넓이는 되었다. 서한지는 방문 앞에 들고 온 짐을 내려놓았다. 커다란 비닐봉지도 옆에 두었다. 차기훈에게 안방을 내주고 자신이 골방을 쓸 생각은 없었다. 안방에 필요한 물건이 모두 있으니 잠재적 확진자가 사용하면 불편해질 것이다. 서한지는 그런 생각을 하며 스프레이형 소독제를 신발장 근처에 놓아둔 뒤 화장실 문을 활짝 열고 불을 켜놓았다. 접촉을 최소화하려는 것이다.

—들어와서 옷과 신발에 소독제 뿌리고, 화장실에서 손 씻고 나와. 마스크는 절대로 벗지 마.

서한지는 차기훈에게 톡을 보냈다. 그리고 김월희의 방으로 가서 거실로 나오지 말라고 당부한 뒤 안방으로 들어갔다. 잠시 후 차기훈이 현관문을 열고 들어와 서한지가 지시한 대로 움직이는 소리가 들렸다. 차기훈이 골방으로 들어가 문을 닫자마자 서한지는 다시 톡을 보냈다.

—오늘 입은 옷은 비닐봉지에 넣어서 묶어둬. 필요한 거 있으면 문 앞에 가져다놓을 테니 나한테 말하고.
—그럴게.

저녁 내내 집안은 고요했다. 서한지는 안방에, 차기훈은 골방에, 김월희는 작은방에 머물며 아무도 거실로 나오지 않았다. 각자 깊고도 비관적인 생각에 잠겨 있었다. 서한지는 차기훈이 부하 직원 민해연과 가까운 자리에 앉아 근무한다는 것을 알고 있었다. 민해연은 사무실에서 마스크를 쓴 채로 일하지만 차기훈은 그러지 않았고, 둘은 업무에 관해 대화할 일이 무척 많았다. 서한지는 차기훈이 확진될 가능성이 높다고 판단했다. 서둘러 확진자 지침을 검색해보았다. 기저 질환이 없고 고령자도 아닌 차기훈은 확진될 경우 정부 방침에 따라 자택 치료를 해야 했는데, 화장실이 하나뿐인 집이 큰 문제가 되었다. 서한지는 한 번도 화장실이 두 개인 집에서 살아본 적이 없었다. 화장실이 한 개뿐이면 다른 가족에게 전염될 가능성이 높았다. 차기훈이 확진되면 결국 서한지가 백신 미접종자인 김월희와 함께 집을 나가야 하는 것이다.

　　서한지는 서둘러 집 근처 숙소를 검색해보았다. 자가 격리자를 위한 에어비앤비 숙소가 눈에 띄었다. 인근 공원의 산책길이 내려다보이는 숙소였다. 발코니가 있고, 층고가 높아 답답함이 덜하기에 자가 격리자를 위한 맞춤 공간이라고 했다. 서한지는 사이트에 뜬 사진을 바라보며 1박에 8만 원이라는 돈이 비싼 것인지 아닌지 가늠해보았다. 평가 댓글을 보니 다들 칭찬 일색이었다. 친절한 호스트와 청결한 환경, 무엇보다 커다란 창을 통해 공원의 나무와 너른 잔디를 볼 수 있어 격리 기간 내내 푹 쉬러 온 기분이 든다고 했다. 서한지는 만일 차기훈이 확진될 경우, 미접종자인 데다 육십대 고령자인 김월희와 함께 이곳으로 가야 하는지 고민했디. 사실 길게 고민할 필요가 없었다. 서한지는 결국 김월희를 데리고 저렴한 모텔로 가야 할 것이다. 일주일 치의 숙박비를 감당하려면 다른 방법이 없었다. 그러나 서한지는 사이트를 선뜻 닫지 못하고 숙소 내부 사진을 찬찬히 살펴보았다. 생활의 손때가 잔뜩 묻은 그녀의 집과 사뭇 달랐다. 인테리어 잡지에 나오는 집 처럼 지나치게 깨끗하고 밝았다. 그녀의 집은 바투 붙여서 지은 옆 건물 때문에 낮에도 빛이 잘 들어오지 않았다. 서한지는 평가 댓글을 다시 한번 정독했다. 다들 여행 온 기분이라고 했다. 자가 격리 기간을 이렇게 평온하게 보내서 호스트에게 너무 감사하다고 했다. 그녀 역시 김월희와 여행 간 기분으로 일주일 동안 마음 편하게 지내고 싶었다. 하지만 1박에 8만 원이라니. 일주일이면 50만 원이 넘는 돈이었다. 서한지는 김월희와 싸구려 모텔로 들어가는 광경을 상상했다.

　　차기훈은 골방에 누워 부하 직원 민해연을 떠올렸다. 반년 전 입사한 민해연은 면접 날부터 그날에 이

르기까지 한 번도 마스크를 벗지 않았다. 사무실에서 일할 때도 늘 마스크를 착용했고, 점심은 다른 여직원과 먹었다. 차기훈은 그녀의 눈만 보았을 뿐 얼굴은 보지 못했다. 회사 밖에서 마스크를 쓰지 않은 민해연과 마주친다면 누군지 못 알아볼 가능성이 컸다. 재택근무를 대비해 일거리를 미리 분배해놓은 건 잘한 일이었다. 차기훈은 민해연의 언니가 내일 아침에 PCR 검사를 받아도 그다음 날에야 결과가 나올 테니, 이틀 동안 불안한 마음으로 지내야 한다는 걸 깨달았다. 그러자 김월희에게 미안한 마음이 들었다. 서한지는 나이가 젊고 백신 접종도 했으니 괜찮을 것이다. 하지만 그의 장모 김월희는 중증으로 치닫게 될 가능성이 있었다. 그렇게 되면 병원비는 누가 감당한단 말인가……. 서한지는 수입의 상당 부분을 김월희를 위해 쓰고 있었다. 곧 김월희가 분가해서 살게 될 집의 월세와 생활비, 각종 보험료 등을 계속 책임져야 했다. 차기훈은 이 문제 때문에 화가 난 적은 없었지만 가끔 김월희가 신기하다는 생각은 들었다. 차기훈의 부모님은 부자가 아니었지만 자식에게 생계 부양의 의무는 지우고 있지 않았다. 큰 수술을 대비해 비싼 보험도 들어놓았고, 낡고 작긴

하지만 서울 변두리에 집도 갖고 있었다. 김월희는 모든 면에서 그 반대였는데, 자신의 삶이 이렇게 된 것은 모두 서고석 때문이라고 주장했다. 김월희의 전남편 서고석은 평생 외도를 했고 돈을 잘 벌지 못했다. 이혼할 땐 김월희에게 위자료도 주지 못했는데, 코로나가 닥쳤을 때 시작한 사업이 크게 실패하며 모든 재산을 날리고 빚까지 졌기 때문이다.

차기훈은 결혼 생활을 하는 동안 한 번도 외도해본 적이 없었고, 그런 유혹에 시달려본 적도 없었다. 커피값이 아까워 2천 원이 넘는 커피는 절대로 마시지 않는 그였다. 외도를 하면 돈이 들 것이 분명하고, 상대에게 모든 데이트 비용을 떠넘길 수도 없으니 매력을 느끼는 상대가 있더라도 쉽게 포기할 게 뻔했다. 근검절약 정신이 투철한 차기훈은 차가운 방바닥을 이리저리 구르다가 불현듯 방바닥이 냉골이라는 걸 깨달았고, 그 즉시 항의하는 마음으로 서한지에게 톡을 보냈다.

—나 지금 컨디션 관리 잘해야 될 때인데, 설마 보일러를 끈 거야?

　　그러자 서한지가 톡을 보내왔다. 얇은 벽을 사이에 두고 그들 부부는 오늘 밤 톡으로만 대화해야 했다.

　　—기온이 영상인데 춥다는 거야?

　　서한지는 차기훈을 나무라듯이 말했다. 차기훈은 결국 알겠다고 답했다. 그리고 이불로 온몸을 꽁꽁 싸맸다. 기분 탓인지 오한이 느껴지는 것도 같았다. 차기훈은 까무룩 잠이 들었다가 화들짝 놀라서 깨어났다. 그날 오전, 민해연이 큰 소리로 재채기를 하면서 마스크를 살짝 내리고 그의 자리를 향해 고개를 돌렸던 순간이 떠올랐던 것이다. 맙소사! 차기훈은 코로나 바이러스가 자신의 콧속으로 침투한 게 분명하다고 생각했다. 도대체 왜 민해연은 재채기할 때 마스크를 내린 걸까. 매너가 없다. 생각해보니 알레르기성 비염이 있다는 민해연은 시도 때도 없이 사무실 안에서 재채기를 했는데 그때마다 마스크를 슬쩍 내리곤 했다. 마스크 안쪽에 콧물이나 가래가 묻을까봐서 그랬겠지만 차기훈은 그녀가 너무 이기적이라는 생각이 들었다. 자신은 사무실 안에서 마스크 한번 쓴 적이 없다는 사실은 떠올리지 못한 채로.

　　김월희는 티브이 볼륨을 줄여놓고 이불 위에 누워 이리저리 뒤척였다. 만약 차 서방이 확진되면 어떻게 해야 하는 건지 떠오르지 않았다. 확진자인 차 서방을 집에서 내보낼 수는 없었다. 차 서방은 이 사회를 위해 완치될 때까지 집 안에 격리되어야 할 것이다. 그러자면 그녀가 서한지와 함께 집을 나가야 하는데, 도대체 어디로 간단 말인가.

　　김월희는 친구들의 얼굴을 한 명씩 떠올려보았다. 모두 오래전 연락이 끊긴 친구들이었다. 고향을 떠나 일자리를 찾아 서울로 왔지만, 그때 사귄 친구들은 서른이 되기도 전에 모두 연락이 끊겼다. 아이들을 키우면서 만난 엄마들은 친구가 되기엔 서먹한 관계로 남았다. 엄마들은 김월희의 형편이 그리 좋지 못하다는 것과 남편과 사이가 나쁘다는 걸 한눈에 알아보았다. 그런 게 어떻게 그렇게 한눈에 보이는 것인지 김월희는 지금도 알 수가 없었다. 가끔 그들과 술잔을 기울 때마다 속 깊은 이야기를 했던 것 같고, 술에 취해 호프집 사장과 제주도로 여행을 가자며 구체적인 계획을 세우기도 했지만, 호프집 사장은 결혼한 지 오래였고, 그녀 역시 그랬고, 그들의 아이들은 같은 반이기도 했으니까 결국 흐지부지 없던 일이 되었다. 아니, 그렇게 표현할 것도 없이 그건 그냥 농담이었다. 남편이라는 작자는 대놓고 바람을 피웠지만 김월희는 그런 적이 없었다. 그런데 소문은 그렇게 나버렸다. '있잖아요 비밀이에요' 호프집 사장과 바람이 났다고. 그 집 아들은 서한지에게 날카로운 돌멩이를 던졌다. 서한지의 이마엔 아직까지 흉터가 남아 있다. 썩을놈. 김월희는 호프집 사장이 가게 이름처럼 김월희에게 비밀이라는 듯 넌지시 제안했던 것을 모두 물리쳤는데, 그런 보람도 없이 둘은 그렇고 그런 사이로 소문이 나버렸다.

신기한 것은 서고석만이 김월희의 결백을 알아주었다는 것이다. 서고석은 김월희가 절대로 그럴 여자가 아니라고 못을 박았다. 김월희의 고고함을 높이 평가했다. 저 여자는 미남 스무 명이 있는 동굴에 데려다놓아도 아무 일 없을 위인이라고. 그렇게 순진하고 순결한 여자라고. 김월희는 서고석이 술 취해 떠드는 말을 들으며 두 눈을 동그랗게 떴다. 서고석이 자신의 진실한 모습과 마음을 알고 있었다는 것에 놀랐고 연이어 화가 났다. 알면서도 뻔질나게 바람을 피웠단 말이지.

김월희는 옆으로 돌아누우며 한숨을 흘렸다. '있잖아요 비밀이에요' 호프집 사장도, 서고석도 이젠 모두 지나간 남자가 되었다. 김월희는 자신의 현재를 생각했다. 친구 한 명 없는 자신에 대해. 코로나가 시작되기 전엔 가끔 뒷동산에 올라 운동하러 온 또래 아주머니들과 긴 얘기도 나누었는데, 그러다보면 그들과 친구가 될 수 있을지도 모른다는 기대를 은근히 하게 되었다. 하지만 그런 예상은 자주 엇나갔다. 그들은 뒷동산을 감싸고 있는 대단지 아파트에 살거나, 남편의 퇴직 연금이 넉넉해서 생활고를 겪을 일이 없었다. 김월희는 그들과 자신의 처지를 비교하다가 슬그머니 입을 닫곤 했다. 친구가 없더라도 김월희는 외롭지 않았다. 딸이 있으니까. 아들에 대해선 생각하지 않았다. 생각하고 싶지 않았다. 서현수는 그녀의 계좌로 한 달에 30만 원씩 보내주었고, 그것으로 자식으로서 모든 의무와 도리를 다하는 것이라 생각했다. 김월희는 서현수가 무슨 생각을 하며 살아가는지 도무지 알 수 없었다. 서현수는 서울에서 소문난 맛집으로 유명한 함흥냉면집에서 오랫동안 아르바이트를 하고 있다. 냉면집을 차리는 게 꿈이냐고 물으면 그게 무슨 소리냐는 듯 두 눈을 크게 떴다. 단지 편해서 그 일을 하는 거라고 했다. 서현수는 휴학을 거듭하다 결국 졸업을 포기한 뒤 냉면집 아르바이트를 시작했고, 그대로 그곳에 눌러앉았다. 서현수는 그 집의 함흥냉면을 매일 먹는 눈치였다. 설마 그럴까 싶은데, 정말로 그런 것 같았다. 그렇게 칼칼하고 자극적인 양념장을 매일 먹어도 되는 것일까. 김월희는 서현수에게 일 년에 한 번씩 위내시경 검사를 꼭 받으라고 일러주었다. 그것 외엔 해줄 수 있는 말이 없었다. 김월희에게 서현수는 저희 아비보다 이해할 수 없는 놈이었다. 서고석은 여자를 좋아해서 그렇게 되었다지만, 서현수는 냉면을 좋아해서 그렇게 되었다고 생각하기가 어려웠다. 실은 냉면을 별로 좋아하지 않으니까. 김월희는 서현수에 대한 생각을 얼른 지웠다. 그러지 않으면 의사가 긴급할 때 먹으라고 처방해준 알약을 꺼내서 삼켜야 할지도 몰랐다. 그 약은 숨이 잘 쉬어지지 않고, 갑자기 죽을 것 같다는 생각이 들 때만 먹는 응급약이다. 김월희는 어느 밤 그 약을 손안에 꼭 쥐고 잠든 적도 있었다.

　　실은 거의 매일 그랬던 시기가 있었다. 봄이 올 때마다 그랬다. 자주 가는 마트가 여름휴가에 들어갈 때마다 그랬다. 카운터를 지키고 있는 무뚝뚝한 부부가 강릉이나 남해에 가서 해수욕하는 광경을 떠올리니 가슴이 턱 막혀서 그 약을 움켜쥐고 잤다. 낙엽이 질 때마다 그랬다. 뉴스에서 내장산 단풍이니 설악산 단풍이니 하는 소식이 나올 때마다 그 약을 꺼내 움켜쥐고 잤다. 낙엽이 모두 떨어지고 겨울이 시작될 때마다 그랬다. 그녀가 매일 물을 챙겨주는 직박구리가 물그릇에 담긴 물이 얼어붙었다는 걸 깨닫고 빠르게 포기한 뒤 어딘가로 날아갈 때마다 그랬다. 한겨울 눈이 펑펑 내릴 때마다 그랬다. 약을 꼭 쥐고 잤다. 먹지는 않았다. 먹지 않았으니 나는 환자가 아닌 거라고 생각했다. 약을 먹으면 환자가 되고, 참으면 건강한 사람인 거라고. 김월희는 서한지도 모르는 자신의 투쟁에 대해 생각했다. 약을 먹지 않으려는 투쟁. 그러다 지고 마는 투쟁. 다시 약을 먹지 않으려는 투쟁. 역시 또 지고 마는 투쟁.

하지만 지금은 코로나와 투쟁할 때이다. 어딘가로 도망쳐야 할 때이다. 그러나 도대체 어디로 간단 말인가. 친척들을 떠올려보아도 하나같이 김월희에게 쌀쌀맞게 대하던 모습들만 떠올랐다. 언니도 오빠도 동생도 그랬다. 김월희는 그들이 자신을 한심하게 생각한다는 걸 알았다. 남편 잘못 만나 저렇게 산다고. 아들 하나 있는 게 저렇다고. 딸은 애도 안 낳는다고. 우리 한지가 어때서. 김월희는 그렇게 생각했다. 서한지는 그녀에게 전부였다. 그러니 자랑스러운 딸일 수밖에 없다. 내 딸은 자기 손으로 돈을 벌어와서 나를 먹여 살리고 있다. 김월희는 그 사실이 대견하면서도 한없이 슬펐다. 서고석 그 개놈의 자식 때문에 말년에 이게 무슨 꼴인가. 결혼한 딸아이 집에 얹혀살면서 숨도 제대로 못 쉬고 있으니. 하지만 그건 말이 너무 과하다. 숨도 못 쉬다니. 숨은 쉬지. 방귀도 뀌고. 김월희는 방귀를 크게 뀌고 나서 이불을 걷고 일어났다. 집안이 지나치게 고요했다. 다들 방에 틀어박혀서 기다리고 있는 것이다. 음성 혹은 양성을. 차 서방은 코로나에 걸린 걸까, 아닌 걸까. 김월희는 차기훈이 걱정되어 잠이 오지 않았고, 차 서방이 확진되면 어디로 가야 하나 걱정되어 배가 아팠고, 새벽까지 뜬눈으로 지새다가 설사를 두 번 하고 나선 오한을 느꼈고, 어쩌면 차 서방이 아니라 자기가 코로나에 걸린 건지도 모른다는 생각에 공포심 속을 헤매다가 동이 틀 무렵에야 겨우 잠이 들었다.

차기훈은 확진되었다.

그러나 가벼운 몸살 기운만 있을 뿐 심각한 증상은 전혀 없었다. 차기훈은 부하 직원 민해연이 확진된 뒤 인후통이 시작되었고, 곧바로 자가 진단 키트 검사를 했고, 양성으로 나온 키트를 들고 PCR 검사를 받으러 갔다. 결과는 확진이었다. 서한지는 차기훈에게 차에서 기다리라고 지시한 뒤 냉장고 선반에 카레와 짜장을 한 솥씩 채워 넣었다. 쌀도 주문해 두었고, 김월희가 맛깔나게 담근 배추 겉절이와 깍두기도 딤채 안에 채워놓았다. 김월희는 차기훈의 인후통이 시작되자마자 혹시나 하는 마음에 카레와 짜장을 만들고 김치를 담가두었다. 배달 음식으로 버텨도 되지만 근검절약 정신이 몸에 배어 있는 그들로서는 카레 덮밥과 짜장 덮밥으로 일주일을 나는 게 당연한 일처럼 느껴졌다.

서한지는 김월희와 함께 미리 예약해놓은 모텔로 향했다. 낡은 캐리어를 각자 하나씩 끌고서 집을 나섰다. 집에서 그리 멀지 않은 대학가에 있는 모텔이었다. 마침 할인 이벤트 기간이어서 가장 저렴한 가격으로 예약할 수 있었다.

모녀는 모텔촌에 도착하고 나서야 이상한 낌새

를 눈치챘다. 금요일 밤 아홉 시. 모텔촌 곳곳에 젊은이들이 삼삼오오 모여 있었다. 그들은 웃으며 담배를 피우고 즐겁게 농담을 던졌다. 배달 오토바이가 쉴 새 없이 골목을 질주했다. 그때까지 서한지에게 모텔이란 몸이 달아오른 남녀가 주변 시선을 의식하며 은밀하게 기어드는 곳이었다. 그러나 그곳은 그런 분위기가 아니었다. 오랜만에 만난 친구와 수다를 떨고, 술을 잔뜩 사오고, 배달 음식을 시키고, 엉뚱한 게임을 하는 곳. 마치 대학교 엠티 같은 분위기였다. 팬데믹이 계속되면서 일찍 문 닫는 술집에 불만을 품은 청년들이 모여드는 곳이 바로 모텔촌이라는 걸 서한지는 뒤늦게 깨달았다. 주변에 대학생이 없기도 했지만 다들 자기처럼 외출을 자제하는 줄 알았다. 김월희 역시 그런 분위기를 의식하고 서한지에게 물었다.

이젠 러브모텔 같은 건 없니?

서한지는 러브모텔이라는 단어에 미간을 찌푸렸다. 김월희가 그런 단어를 알고 있다는 게 싫었다. 서한지는 오래전 같은 반 남자애의 아버지가 운영하던 호프집이 떠올랐다. 상호명이 독특했다. '있잖아요 비밀이에요'. 서한지는 그 앞을 지날 때마다 사장이 얼마나 비밀이 많은 사람이면 가게 이름도 저렇게 지었을까 의심했는데, 알고 보니 그건 영화 제목이었다. 최수종과 하희라가 나왔던 영화. 부부가 되기 전 두 배우가 케미를 뽐냈던 영화. 서한지 역시 그 영화를 어렴풋이 기억하고 있었다. 하지만 가게 이름과 연결 지어 생각하지는 못했다. 김월희가 호프집 사장과 바람이 났다는 소문이 돌았을 땐 가게 이름이 더욱 불순하게 느껴졌다.

서한지는 잡념을 떨쳐내고 모텔 카운터로 걸어갔다. 앞서 온 젊은 커플이 카운터 앞에 서 있었다. 서한지는 약간의 거리를 두고 서서 기다렸다. 그러는 동안 주변을 살펴보다가 벽면에 붙여놓은 광고문이 눈에 들어왔다. 당구 시설 완비, 노래방 시설 완비, 안마 의자, 최신 영화, 테마 모텔, 그런 단어들이 보였다. 서한지는 이곳이 모텔인지 테마파크인지 뭔지 모르겠다는 생각이 들었다. 마침내 젊은 커플이 엘리베이터 방향으로 걸어가자 서한지는 카운터 가까이 다가갔다. 그리고 예약 사항을 확인받고 카드키를 건네받았다. 카운터를 지키고 있던 청년은 서한지와 김월희에게 아무런 관심을 보이지 않았다. 어쩌면 이런 시기엔 확진된 가족을 피해 모텔로 대피한, 화장실이 한 개뿐인 집에 사는 가족들이 꽤나 많은지도 몰랐다.

한 무리의 청년들이 모텔 안으로 들어왔다. 서한지는 그들이 밤새 시끄럽게 놀지는 않을까 염려했다. 이럴 줄 알았으면 대학가가 아니라 오피스 밀집 지역에 방을 얻을 걸 그랬다는 후회가 밀려왔다. 김월희가 서한지를 큰 소리로 불렀다. 얘, 얼른 와! 그러나 서한지는 엘리베이터에 먼저 타고 있을 젊은 커플을 배려해 일부러 걸음을 늦추었다. 그러자 김월희가 속이 터지는 얼굴로 서한지를 쳐다보며 손짓했다. 빨리 와, 빨리!

김월희의 재촉에 결국 서한지는 엘리베이터에 올라탔다. 김월희는 한쪽 구석에 서서, 서로의 손을 꼭 잡고 있는 커플을 묘한 눈빛으로 바라보았다. 서한지는 엘리베이터 벽면 거울에 비친 자신의 얼굴을 들여다보았다. 안색이 노랬다. 예상했던 일이기에 놀라지는 않았다. 젊은 커플이 먼저 내린 뒤 그들은 5층에서 내렸다.

서한지는 캐리어를 끌고 502호로 앞장서 걸어갔다. 김월희가 그녀를 뒤따라 왔다. 그들의 집 역시 502호였기에 서한지는 잠깐 동안 우연의 일치에 놀랐다. 502호의 문을 여는 순간 옆방 문 너머에서 여자들의 웃음소리가 왁자하게 들려왔다. 깔깔거리며 숨이 넘어갈 정도로 크게 웃고 있었다. 김월희는 동그래진 눈으로 옆방을 쳐다보았다. 서한지는 김월희를 객실로 먼저 들여보낸 뒤 문을 쾅 닫았다.

*

초진기록지, 경과기록지, 투약기록지.

이 세 가지가 필요하다고 김월희는 재차 말했다. 의사는 김월희의 얼굴을 빤히 쳐다보았다. 그녀가 모르는 의사였다. 김월희의 담당의는 확진자가 되어 자리를 비웠기에 결국 처음 보는 의사에게 세 가지 서류를 발급해달라고 요청할 수밖에 없었다. 의사는 모니터를 오랫동안 쳐다보았다. 진료 차트가 모니터에 떠올라 있다는 건 그녀도 알고 있었다. 마침내 의사가 김월희에게 물었다.

그 서류들이 왜 필요하세요?

김월희는 침을 삼키고 나서 입을 열었다.

조금 긴 이야기예요.

의사는 김월희의 말을 끊지 않고 들어주었다. 김월희는 자신의 인생을 축약해서 전달했다. 남편은 평생 외도하며 집에 거의 들어오지 않아서 자신은 아이들과 거지처럼 살았다. 집에 쌀이 떨어져서 아이들에게 라면만 먹인 적도 부지기수였다. 와중에 자신은 우울증을 앓았고, 온종일 죽고 싶다는 생각으로 시체처럼 살았다.

아이들이 너무 불쌍해요. 이런 부모 밑에서 자라서.

김월희는 서현수와 서한지에 대해 짧게 말했다. 아들은 도무지 이해할 수가 없고, 딸은 너무 예민해요. 그렇지만 김월희와 서고석이라는 부모 때문에 그렇게 되어버렸단 것을 잘 안다고 했다. 딸은 아르바이트를 하면서 전문대를 겨우 졸업했고, 아들은 등록금 때문에 휴학을 반복하다가 결국 함흥냉면 맛집에서 만년 알바생으로 살고 있다고 말했다. 그러자 의사가 갑자기 눈을 빛내더니 혹시 어느 냉면집이냐고 물었다. 김월희는 그런 걸 묻는 게 이상하다고 생각하면서도 어딘지 알려주었다. 의사는 눈에 띄게 밝아진 얼굴로 자신도 그 집을 안다고, 한 달에 두어 번은 꼭 간다고 말했다. 김월희는 엉뚱한 말을 하는 의사를 쳐다보았다. 설마 논점을 흐리려고 수작을 부리는 걸까. 김월희는 정신 똑바로 차려서 꼭 서류를 받아가야겠다고 결심했다.

　　　　제가 이 서류들이 왜 필요하냐면요, 선생님, 이런 형편에 제가 더 살아서 뭐 하겠어요. 애들한테 짐만 되지. 근데 제가 지금 겨우 예순넷이에요. 요즘엔 수명이 길어져서 100세까지 산다면서요. 앞으로 삼십 년은 더 살아야 한다는 건데, 우리 애들이 이제 마흔이 다 되어가요. 생각해보세요, 선생님. 그 애들이 일흔이 되어서도 저를 부양해야 해요. 이게 말이 된다고 생각하세요? 그 애들이 지금 저보다 더 나이 많은 노인이 되더라도 저를 부양해야 한다고요. 그래서요 선생님, 저는 꼭 장애인이 되고 싶어요. 정신장애인이요. 장애인이 되면 정부에서 혜택을 많이 준다면서요. 그러려면 그 서류들이 꼭 필요해요. 그리고요 선생님, 저는 정상이 아니에요. 요즘 기억력도 많이 떨어지고, 머릿속이 뿌옇고, 사회생활을 하지 않은지 오래돼서 이젠 돈 벌기가 두려워요. 저한텐 너무 어렵고 힘든 일이에요. 저 불안장애 있는 거 아시죠? 심해지면 공황증도 나오잖아요. 그런 사람이 어떻게 정상적인 사회생활을 하겠어요. 그러니 저는 꼭 장애인이 되어야 해요. 정신장애인이요. 선생님이 저 좀 도와주세요. 기록지 잘 써주시면 제가 장애인이 될 수가 있어요.

김월희는 말을 마치고 의사를 보았다. 그러나 의사는 김월희의 눈길을 피하며 생각에 잠긴 얼굴로 모니터를 바라보았다. 한동안 마우스 휠을 돌리면서 김월희의 진료 차트를 읽던 그가 입을 열었다.

그건 좀 어렵겠네요. 환자분 상태가 그 정도는 아니에요. 아마 서류를 가져가시더라도 안 될 거예요. 그래도 괜찮으시겠어요? 발급 비용이 드는데.

김월희는 돈이 든다는 말에 멈칫거렸다. 의사가 연이어 말했다.

환자분 상태가 계속 호전되고 있어요. 처음에 오셨을 땐 말도 거의 못하셨잖아요. 사람도 안 만나셨고. 차트를 보니, 요가를 배우셨다고 되어 있네요.

김월희는 그 말에 반색하며 말했다.

네, 요가했어요. 코로나 시작되기 전엔 일주일에 두 번씩 갔어요.

잘하셨어요. 운동을 하시면 좋아요.

김월희는 코로나 때문에 요가를 하지 못해서 얼마나 답답한지 모르겠다며 마치 요가 중독자인 것처럼 한참을 떠들다가 진료실 밖으로 나왔다. 그리고 대기실

의자에 앉아 충분히 아프지 않아 정신장애인이 될 수 없는 자신을 미워했다.

의자에서 일어나며 백신을 맞아도 되는지 묻는 걸 깜빡했다는 것을 깨달았지만, 의사가 어떤 대답을 할지 예상했기에 물으나 마나라는 것도 알았다. 김월희는 서한지에게 의사가 백신 부작용에 대한 확답을 흐리더라고 말하기로 했다. 비록 서류는 받지 못했지만 돈이 더 들지도 모를 일이 생겨선 안 되었다. 확진되어 후유증이 생기든, 복용하고 있는 약 때문에 백신 부작용이 생기든 매한가지였지만 김월희는 결국 마음이 더 편한 선택을 했다. 백신을 맞지 않기로 한 것이다.

퇴근 준비를 하며 서한지는 김월희에게서 아무런 연락이 없는 것을 보고 그들의 계획이 실패로 돌아갔음을 깨달았다. 처음 차기훈이 그 말을 꺼냈을 땐 좀처럼 내키지 않았지만, 김월희의 치매 간병인 보험 가입을 앞두고 상당한 부담을 느끼고 있는 자신을 발견한 뒤엔 결국 서류를 발급받아 오라고 김월희에게 부탁할 수밖에 없었다.

그때 차기훈은 서한지를 이런 말로 설득했다.

부자들은 이런 복지 혜택을 다 받고 있어. 돈 잘 버는 자식들이 있어도 오래전에 연락이 끊겼다고 잡아 떼고 돈을 받아간대. 심지어 어떤 사람은 집을 살 수 있을 정도로 돈이 많아도 자기 명의로 된 집이 없대. 보조금 받으려고 일부러 그러는 거지.

서한지는 차기훈의 말을 믿지 않는 척했다. 그러자 차기훈은 요즘 복지 유튜버가 얼마나 대세인지 아느냐며 서한지의 톡으로 링크를 보내주었다. 서한지는 링크를 눌러보지 않았다. 돈 나올 구멍을 어떻게든 찾는 인간의 심리를 모르는 바 아니었기에.

엘리베이터에 올라 1층 버튼을 누르고 문이 닫히길 기다리는데, 직장 동료인 이오선이 달려와 엘리베이터에 탑승했다. 서한지는 이오선과 친했지만 어디까지나 직장에서의 친분이었을 뿐 개인적으로 친한 건 아니었다. 이오선에 대해 서한지가 알고 있는 것은 세 가지였다. 강변역 24평짜리 아파트, 대기업에 다니는 남편, 주말마다 자연으로 떠나는 캠핑족 부부.

이오선은 서한지에게 눈인사를 하고 숫자 버튼을 눌렀다. 지하 2층. 아마도 차를 가져온 것 같았다.

자기도 칼퇴야?

　이오선은 아무한테나 자기라고 했다. 물론 상사에겐 그러지 않았다. 서한지는 모텔 근처 편의점에서 햇반을 사야 한다는 걸 잊지 않으려고 속으로 계속 되뇌었다. 그러느라 이오선의 말에 건성으로 대꾸했다. 이오선이 갑자기 재채기를 크게 했다. 콧물도 훌쩍였다. 서한지는 한 걸음 떨어졌다. 이오선이 말했다.

　하루 종일 으슬으슬하네. 봄이 언제 올지 모르겠어. 겨울만 계속될 것 같아.

　서한지는 눈을 동그랗게 떴다. 기온이 영상으로 올라간 지가 언제인데 저런 소리를 하나 싶었다.

　열 있는 거 아니에요?

　이오선은 고개를 저었다. 회사에 구비되어 있는 체온계로 체크해봤는데 정상 체온이라고 했다. 그러면서 코로나에 걸린 게 아니니 걱정하지 말라고 덧붙였다. 서한지는 그걸 어떻게 확신할 수 있나 생각하면서도 자신의 처지가 떠올라서 벌어지려던 입을 다물었다. 서한지는 차기훈의 확진을 회사에 숨기고 있었다. 어차피 확진되기 전부터 조심해야 할 때에는 한 번도 마주친 적이 없으니 상관없는 일이라고 생각했다. 혹시나 하는 마음에 자가 검진 키트로 검사를 해보았는데, 역시 음성이 나왔다. 밀린 업무도 걱정되었지만 엄마와 함께 대학가 모텔에 머물고 있다는 걸 알리고 싶지 않았다. 그녀에게 쏟아질지도 모를 연민의 눈빛을 보고 싶지 않았다. 어찌된 일인지 연봉이 그리 높지 않은 회사였는데도 동료들은 다들 생활이 넉넉해 보였다. 낡긴 해도 아파트에 살았고, 주말마다 여행을 가거나 맛집과 디저트 카페를 순회했다. 아이가 있는 사람이 거의 없어서 그런지 경쟁적으로 주말 이벤트를 만드는 눈치였다. 정보를 서로 공유하면서 나도 가봐야겠다, 나는 거기 가봤어, 그런 말들을 했다. 서한지는 그들에게 거리감을 느꼈다. 서한지의 주말 일과는 차기훈과 넷플릭스 영화를 본 뒤 동네를 산책하는 것과 알밤을 좋아하는 김월희가 삶아놓은 알밤을 함께 먹으며 드라마를 보는 것이었다. 만일 서한지가 엄마와 모텔에서 지내고 있다고 말하면 다들 어떻게 반응할지 뻔했다. 요즘 모텔은 퇴폐적인 곳이 아니라고 말하더라도 종종 바닷가 풀 빌라에서 묵는 그들은 서한지의 상황을 이해해줄 것 같지 않았다. 이해받으려고 하는 자신만 싫어질 게 뻔했다.

　이오선이 말했다.

　요즘 확진자가 여기저기서 많이 나오나봐. 우리

남편 회사에서도 몇 명 걸렸어. 자기는 괜찮아?

　　　서한지는 대답 대신 눈웃음만 보였다. 마스크를 쓰고 살아가는 세상이 된 뒤로 할 줄 몰랐던 눈웃음도 자주 짓게 되었다. 그래야 상대에게 내가 지금 널 가까스로 견디고 있는 게 아니며, 너와 함께 보내는 시간이 즐겁다는 의미를 전달할 수 있었다.

　　　오늘따라 엘리베이터가 천천히 운행하는 기분이 들어 서한지는 마음이 초조했다. 머릿속으로 햇반, 햇반, 햇반을 계속 되뇌었다. 절대로 잊으면 안 된다. 마침내 1층에 도착하자마자 서한지는 이오선에게 손을 흔든 뒤 엘리베이터에서 내렸다. 문이 닫히기 직전 이오선이 큰소리로 재채기를 했다. 서한지는 슬쩍 뒤를 돌아보았는데, 이오선은 마스크를 내리고 인상을 찌푸리고 있었다.

　　　김월희가 사온 젓갈과 양반김, 참치 캔으로 저녁 식사를 마친 뒤 서한지는 침대 헤드에 비스듬히 기대어 앉았다. 침대와 티브이, 화장대, 작은 테이블과 의자. 간소한 가구와 적당히 밝은 조명이 서한지의 마음을 편안하게 해주었다. 첫날 김월희는 객실에 들어서자마자 결벽증 환자로 돌변해 슬리퍼와 전기 주전자와 리모컨에는 손도 대지 않으려 했는데, 이틀이 지나니 상당히 무뎌졌다. 김월희가 모텔 목욕 가운을 입고 욕실에서 나왔다. 서한지는 목욕 가운을 입은 김월희를 난생처음 보았기에 핸드폰으로 사진을 찍었다. 김월희는 이런 걸 뭐 하러 찍느냐고 하면서도 포즈를 취했다. 앞섶을 단단히 여미고, 허리에 한 손을 얹은 자세였다.

여행 온 거 같네.

서한지의 말에 김월희는 모텔에서 자는 것도 생각보다 괜찮다고 말하며 옆방에서 들려오는 시끄러운 말소리를 짐짓 못 들은 체했다. 또 젊은이들이 놀러온 모양이었다. 이젠 소음에 익숙했다. 다 같이 어울려 노는 소리가 은밀히 기어든 남녀가 내는 소리보다는 훨씬 나았으니까.

김월희는 모텔에서 준 일회용 에센스를 얼굴에 펴 바르더니 뺨과 이마가 벌겋게 변할 때까지 마구 두드렸다. 마침내 김월희는 침대로 올라와 서한지 옆에 다리를 뻗고 앉았다.

내가 일을 할 수 있을지 모르겠어. 너 오기 전에 인터넷으로 검색해보니까 반려동물 장례 지도사라는 것도 있더라.

서한지는 아무런 대답도 하지 않았다. 왜 하필 죽음과 가까운 일을……. 그러나 입을 열 기운이 없었다. 백미에 염분이 높은 반찬을 먹어서 그런지 당수치가 급상승하는 것 같았다. 졸음이 쏟아졌다. 고요해진 옆방에선 게임이라도 하는지 일시에 웃음을 터뜨리는 소리가 들려왔고, 그때마다 서한지는 잠기운이 싹 달아났다. 김월희가 말했다.

죽은 사람을 들어 올리고 만지는 건 무서워. 근데 동물이라면 괜찮지 않을까?

죽은 사람이 왜 무서운데?

김월희는 잠시 침묵하더니 말했다.

귀신 때문에.

서한지는 웃고 말았다. 김월희는 귀신이 무섭다고 했다. 그러면서 서한지가 예전에 묻어준 길고양이에 대해 말했다. 서한지는 까맣게 잊고 있었던 기억이다.

오래전, 서한지가 밥을 주고 놀아주던 고양이가 약을 먹었는지 입가에 피를 토하고 대문 앞에 죽어 있었다. 서한지는 울면서 집으로 뛰어 들어가 면 100퍼센트인 천을 찾으려고 온 집안을 뒤졌다. 그 와중에도 썩

지 않으면 큰일이니 무조건 잘 썩는 천을 찾아야 한다
고 생각했다. 그때 면 100퍼센트 라벨이 붙은 수건이
보였다. 서한지는 수건을 들고 나와 죽은 고양이의 몸
을 감쌌다. 그리고 비닐봉지에 조심스레 옮겨 담은 뒤
인근 동산에 올랐다. 김월희도 함께 갔다. 아래층에 살
던 아주머니도 동행했다. 다들 예뻐하던 고양이였다.
뒷동산에 도착해 아주머니가 가져온 모종삽으로 땅을
팠다. 땅이 단단해서 파느라 시간이 좀 걸렸다. 그러는
동안 김월희는 불안한 얼굴로 멀찍이 떨어져 서 있었
다. 마침내 땅을 다 파고 나서 수건으로 감싼 고양이를
내려놓았다. 네 개의 다리를 곧게 펴주고 꺾인 고개도
올바르게 해놓고 수건으로 몸통을 감쌌다. 그리고 흙을
덮었다. 그 과정을 아래층 아주머니와 김월희가 지켜보
았다. 그녀들은 울기 시작했고, 서한지는 두 손으로 작
은 봉분을 다독였다. 김월희가 서한지에게 기도문을 외
고 가자고 했다. 좋은 곳으로 가라고 기도해주자고. 서
한지는 참았던 눈물이 쏟아지려고 해서 얼른 집에 가
고 싶었다. 그러자 김월희가 벌컥 화를 냈다. 왜 기도도
해주지 않냐고. 아래층 아주머니가 김월희를 말리며 말
했다. 기도가 무슨 소용이야. 신은 없어. 있으면 죄 없는

고양이들이 저렇게 비참하게 죽겠어? 아주머니는 그렇게 말하며 흘러내리는 눈물을 손등으로 닦아냈다. 서한지는 집으로 돌아와 방바닥에 엎드려 펑펑 울었다. 온몸이 아플 때까지 울었다. 일주일 동안 아무 장소에서나 울었다. 국밥집, 마을버스, 지하철, 마트, 공중화장실……

서한지는 이제 그 고양이의 얼굴이 떠오르지 않는다. 이별을 예감했던 것인지 사진 한 장 남겨두지 않았다. 이제 와서 깨달은 것이지만, 그때 그 고양이를 묻으며 서한지는 안도했다. 그녀 앞에 죽은 모습을 드러내서, 더 이상 비참하게 길거리를 헤매며 살지 않아도 되어서, 근처에 사는 집주인이 수시로 나타나 도둑고양이에게 밥 주지 말라고 소리 지르는 것을 견디지 않아도 되어서. 무엇보다 이따위 세상에서 태어난 아름다운 아이가 다른 세상으로 갔다는 것이 묘한 안도감을 주어서.

김월희가 반려동물 장례 지도사를 해보면 어떨까 하고 다시 물었다. 서한지는 그러라고 했다. 엄마는 사람보다 동물을 좋아하니까 그게 나을지도 모르겠다고. 그러자 김월희는 늙어서 안 써주면 어쩌지, 하더니 길게 한숨을 내쉬었다. 동시에 옆방에서 누군가 발을 구르며 크게 웃는 소리가 들려왔다.

서한지는 김월희가 다시 일을 시작하기 쉽지 않을 거라는 걸 알았다. 일을 하려면 김월희는 자신이 왜 아픈지를 깨달아야 할 것이다. 결국 자신에게 벌주려는 마음을 버려야 한다는 걸 말이다. 서한지는 마음속으로 말했다. 엄마, 대단한 인생을 살 필요는 없어. 엄마가 좋아하는 알밤, 그걸 떠올려봐. 벌레 먹은 밤을 집어 들면 에잇 속았다, 그런 표정으로 웃잖아. 인생도 그런 마음으로 살면 돼. 자꾸 벌레 먹은 밤만 집어 들어서 속상해도 웃어넘기고 마는 것처럼, 그냥 그런 마음으로 살면 돼. 대단해지려고 하지 마. 남들하고 비교하느라 엄마가 그렇게 속이 아픈 거야. 엄마는 엄마의 길을 묵묵히 가면 돼. 그것이 지극히 초라한 길이어도.

서한지는 그렇게 말하고 싶었지만 결국 입을 열었을 때 튀어나온 말은 이러했다.

엄마, 말로만 그러지 말고 얼른 일자리를 좀 알아봐.

김월희는 그 말에 눈을 흘겼고, 서한지는 김월희를 길게 나무랐다.

엄마는 생각만 하고 실천을 안 하잖아. 우리가 맨날 싸우는 이유가 그거야. 엄마는 생각이 너무 많고 행동은 아예 안 해.

김월희가 이불을 끌어 덮더니 반대쪽으로 몸을 돌렸다. 서한지는 멈추지 않고 잔소리를 했다. 그러다 결국 입을 다물었고, 그날 회의에서 부장이 한 말을 떠올렸다. 우리는 엔트로피가 증가하는 사회에 살고 있다. 역사도 일종의 엔트로피이고, 그 안에서 일어난 사건, 사고, 탄생한 사람도 모두 엔트로피에 속한다. 서한지는 그 말을 들으며 엄청나게 졸았는데 신기하게도 무슨 말이었는지 또렷하게 기억났다. 그리고 그건 엄마와 그녀의 관계에도 적용된다는 생각이 들었다.

우리의 애증의 역사도 엔트로피처럼 증가하고 있어. 우리는 앞으로 서로를 점점 더 버거워하게 될 거야. 극적인 화해, 영원한 화해는 없어. 끊임없이 싸우고, 화해하고, 다시 싸우고, 다시 화해할 거야. 이 짓을 언제까지 반복해야 하나, 지친다, 하면서도 계속 그렇게 할 거야. 그러다 보면 노인이 될 거고, 둘 중 한 사람이 먼저 죽을 거고, 그때 비로소 영원한 그리움과 사랑이 탄생할 거야.

김월희는 잠들었고, 서한지는 죽은 고양이의 얼굴을 떠올렸다.

실은 조금도 잊지 않았다.

*

서한지는 차기훈과 동유럽 패키지여행을 간 적이 있었다. 그들 형편에 어울리지 않는 일이라는 걸 알면서도, 주식 투자로 6백만 원이나 번 차기훈의 설득에 못 이겨 결국 동유럽 여행을 다녀왔다. 그것은 초특가 할인 상품이었고, 숙소는 모텔급이었으며, 성의 없는 음식이 연달아 나왔지만 그들은 그 모든 것이 그들에게 과분하다고 생각했다. 가이드는 작달막한 키에 어깨가 넓은 남자였는데, 인상이 조금 험악한 편이었고 그것을 감추려는 듯 자주 웃고 수시로 농담을 던졌다. 그들 부부가 보기에 가이드는 인솔 능력이 뛰어난 사람은 아니었다. 총 스물두 명의 사람들이 다섯 명 정도씩 조를 이루어 이동했는데, 여행객들 중 나이가 무척 많은 노인이 있었다. 그는 동행 없이 혼자였고 집단생활에 서툰 것처럼 보였다. 언제나 외따로 떨어져 있었고, 시간 약

속을 잘 지키지 않았다. 그러다 동유럽 어딘가의 시가
지에서 감쪽같이 사라져버렸다. 가이드는 얼굴이 벌겋
게 달아오른 채로 각국에서 온 관광객 무리를 헤집고
다녔고, 어느 다리 앞에서 노인을 발견했다. 가이드는
그에게 격렬한 폭언을 퍼부었다. 할아버지, 미쳤어요?
여기서 혼자 가버리면 어떻게 하라는 겁니까! 가이드
는 이럴 거면 도대체 왜 패키지여행을 온 것이냐며 노
인을 계속 나무랐다. 다들 놀란 표정으로 가이드를 쳐
다보았다. 서한지는 그때부터 그가 마음에 들지 않았
다. 노인의 단독 행동은 물론 잘못된 것이었지만, 그렇
더라도 일부러 길을 잃은 것도 아닌데 방구석에나 처박
혀 있지 왜 패키지여행을 와서 엄한 사람을 잡느냐는
태도가 싫었다.

　　　서한지는 그날부터 노인을 챙겨주기 시작했다.
차기훈도 노인이 다른 데 정신이 팔려 있으면 소리쳐
불렀다. 어르신, 이리로 오세요! 노인은 평생 한 번도
해외여행을 해본 적이 없었고, 마지막 소원을 이루려
고 동유럽 패키지여행을 온 것인데, 너무 피곤하고 뭐
가 뭔지 잘 모르겠다고 말했다. 말은 그렇게 하면서도
어딜 가든 구석까지 들어가보고 나오는 호기심 많은 성

격이었다. 노인은 일주일 내내 같은 옷만 입었다. 회백색 점퍼와 고동색 바지, 체크무늬 베레모. 노인보다 옷을 딱 한 벌 더 가져온 서한지와 차기훈은 점차 노인과 보내는 시간이 많아졌다. 그들은 가이드가 권하는 옵션 관광을 한 개도 선택하지 않았다. 다른 여행객들이 오페라를 보거나, 유람선을 타거나, 세기의 명화를 보러 갈 때 그들은 근처 상점 거리를 쏘다니거나, 작은 성당 벤치에 앉아 종소리를 들으며 일몰을 바라보거나, 오스트리아의 어느 호숫가를 걸으며 여기 꼭 양평이나 청평 같다고 농담을 던졌다. 그때마다 노인은 그들 부부와 적당한 거리를 두고 뒷짐을 진 채로 서 있거나 근처 벤치에 조용히 앉아 있었다. 차기훈과 서한지는 마지막 날까지 단 한 개의 옵션 관광도 선택하지 않았고, 가이드가 권하는 아로니아 영양제도 일절 사지 않았다. 그런 사람은 그들뿐이었다. 심지어 노인도 아로니아 영양제를 다섯 통이나 샀다.

　　가이드는 인천공항에서 해산을 지시하며 다른 여행객들과는 농담을 나누거나 아쉬운 표정으로 악수를 했지만, 차기훈과 서한지에게만 거리를 두고 서서 90도로 허리를 숙였다. 그건 지나치게 정중한 인사법이었다. 가이드는 마지막까지 과한 존칭을 사용하며 그들을 대했다. 서한지는 공항버스를 타고 서울로 돌아오며 가이드의 태도에 대해 생각했다. 도대체 그건 뭐였을까. 경멸도 아니고 무시도 아닌 그것은. 존중으로 포장된 업신여김을 느꼈다면 내가 지나치게 예민한 걸까……. 시간이 한참 흘러 서한지는 직장 동료 이오선이 확진자 남편과 두 마리의 반려견을 집에 두고 나와 머물 곳을 찾고 있다고 말했을 때, 예전에 보았던 에어비앤비 숙소를 선뜻 추천해주었다. 그리고 그 순간 동유럽 패키지여행의 가이드가 보였던 태도가 이해되었다.

불편하면 오히려 더 잘해주게 될 때가 있다. 무언가를 과도하게 의식하면, 그것을 가리려고 그것과 관련된 과도한 행동을 할 때가 있다. 서한지는 이오선에게 마치 그 숙소를 잘 아는 것처럼 자세히 설명해주었다. 높은 층고, 고급스럽고 깔끔한 인테리어, 공원이 한눈에 들어오는 전망 좋은 발코니, 1박에 8만 원이라는 합리적 가격, 칭찬 일색인 댓글들. 이오선은 눈을 동그랗게 뜨며 사이트에 올라온 숙소 사진을 살펴보더니 고개를 갸웃거렸다.

근데 자기야, 여긴 너무 가성비 숙소 아니야?

서한지는 웃으며 맞다고 동의했다.

*

서한지는 김월희와 오전 11시에 객실을 나왔다.
김월희는 일주일 동안 머문 방에 정이 들었는지
복도로 나오기 전 객실을 잠시간 바라보았다. 체크인했
을 당시의 모습 그대로 깔끔하게 정리해놓았다. 모녀는
캐리어를 끌고 엘리베이터로 향하다가 다른 객실을 청
소하던 아주머니와 마주쳤다. 김월희는 활짝 열려 있는
객실 안을 들여다보더니 인상을 찌푸렸다. 수건과 배달
음식 용기와 맥주 캔이 바닥에 뒤엉켜 있었다. 수건을
줍던 아주머니가 김월희를 돌아보았다. 김월희는 그녀
에게 큰 소리로 말했다. 덕분에 잘 있다 가요. 수고하세
요. 아주머니가 눈웃음을 지었다. 서한지는 버튼을 누
른 뒤 엘리베이터를 기다렸다. 김월희는 몸을 반쯤 돌
려 아주머니에게 다시 말을 걸었다. 사위가 확진돼서
여기 있다 가는 거예요. 아주머니는 그러냐고 대꾸해주
었다. 김월희는 말을 멈추지 않았다. 요즘 우리 같은 사
람들이 많이 오죠? 아주머니는 고개를 갸웃하더니 눈

웃음만 지었다. 서한지는 김월희의 캐리어를 잡아끌고 엘리베이터에 올라탔다. 김월희가 엘리베이터에 뒤따라 탔다.

서한지는 집을 향해 걸어갔다. 김월희가 끄는 캐리어 바퀴 소리가 등 뒤에서 들려왔다. 드르륵. 드르륵. 드르륵. 서한지는 문득 김월희가 낮 동안 모텔 방에서 무얼 하며 시간을 보냈을지 궁금해졌다. 서한지는 김월희에게 물었고, 횡단보도 앞에 서서 신호를 기다리던 김월희는 천천히 입을 열었다.

뭐 하긴. 그냥 생각했지. 여러 가지 생각.

서한지는 아마도 먹고살 걱정을 했을 거라고 짐작하면서도 무슨 생각을 했느냐고 다시 물었다. 그러자 김월희가 뜻밖의 대답을 했다.

너, 그 책 아니? 카프카의 『변신』.

서한지는 엄마가 그걸 어떻게 아느냐고 물었다.

예전에 뒷산에 놀러 갔다가 내 또래 여자가 그 책을 빌려줬어. 은퇴한 교사인데 사람보다 책을 더 좋아한대. 쉽고 재미있으니까 읽어보라고 해서 읽었는데 내용이 좀 그렇더라. 하루아침에 벌레로 변한 남자가 나오잖아. 가족들은 남자를 싫어하고, 남자는 괴로워하고. 근데 그게 꼭…… 내 모습 같았어.

그 말에 서한지는 갑자기 화가 나서 김월희를 돌아보았다.

아니거든? 엄마는 왜 그런 이상한 말을 해?

김월희는 희미하게 미소 지었다.

한지야, 사람이 벌레처럼 산다고 욕먹을 일은 아니야. 다 이유가 있는 거지. 이유가 있는 거야.

*

서한지는 김월희와 함께 저녁 식사를 차렸다. 호주산 소고기를 넣고 칼칼하게 끓인 된장찌개였다. 차기훈이 가장 좋아하고, 김월희 역시 밥 한 공기를 너끈히 비우는 메뉴였다. 차기훈이 식탁 의자에 앉자마자 서한지는 냉동실에서 얼기 직전의 소주를 꺼내왔다. 그들은 소주를 한 잔씩 따라서 건배한 뒤 뉴스로 시선을 돌렸다. 확진자가 나날이 증폭하는 가운데 앵커가 전하는 코로나 관련 소식은 조금도 비극적으로 들리지 않았다. 어찌나 무뎌졌는지 이젠 날씨 뉴스처럼 들렸다.

평온한 저녁이 막 시작되었고, 소주는 이제 고

작 한 잔 마셨을 뿐이다.

김월희가 말했다.

차 서방, 많이 먹어.

차기훈이 말했다.

장모님도 많이 드세요.

서한지는 소주가 싱겁다고 생각하며 차기훈에게 언제 소주가 이렇게 싱거워졌느냐고 물었다. 이러면 서민들이 힘들어서 못 살지.

차기훈은 앞으로 소주는 조금 더 독하게 만들 필요가 있다고 대꾸하다, 가격은 그대로 두고, 라고 덧붙였다.

김월희는 곧 월셋집으로 이사할 것이고, 서한지는 이오선을 골탕 먹일 궁리를 하다가 제풀에 지쳐 포기할 것이고, 차기훈은 여전히 얼굴을 모르는 민해연에게 업무 지시를 내릴 것이다. 그러고 나면 다시 주말. 확진자 폭증. 날씨는 점점 따뜻해지다가 더워지고, 그들은 한여름에 미지근한 소주를 마시면서 소주가 언제 이렇게 독해졌지, 하고 말하며 시원한 생맥주를 마시러 가자고 할 것이다. 그거면 된 것일까. 서한지는 그렇게 생각하며 김월희의 얼굴을 바라보았다. 조금도 벌레 같지 않고, 아무리 봐도 사람 같은 엄마의 얼굴을.

무지개떡처럼

엄마는 나와 함께 밥을 먹을 때마다 이런저런 수다를 길게 늘어놓고, 나는 언제나 묵묵히 듣기만 한다. 대부분 티브이에서 본 것과 시장에서 본 인상적인 광경, 동네 길고양이에 대한 이야기였다. 그날도 엄마는 재미있게 본 드라마 얘기를 하다가 어느 로맨스 사극 드라마의 남자 주인공을 가리켜 이렇게 말했다.

"꼭 무지개떡 같아."

"무지개떡? 그게 무슨 뜻이야?"

사람에게 떡 같다고 하다니, 칭찬인지 아닌지 짐작할 수가 없었다. 이어지는 엄마의 설명은 이러했다. 엄마가 가장 좋아하는 떡이 무지개떡이란다. (나는 그걸 이제 알았다) 맛이 좋아서라기보다 모양과 색이 예뻐서 볼 때마다 마음이 설렌다고. 무지개떡을 보고 있으면 세상이 밝아 보일 정도라고 했다.

"그 배우가 마음에 든다는 거지?"

"어. 마음에 들어."

순순히 인정하는 엄마가 귀여웠다. 엄마가 드라마 제목을 알려주었지만 내가 모르는 드라마였다. 핸드폰으로 검색해본 뒤 사진을 보여주며 이 사람이냐고 물었더니, 엄마는 반갑게 고개를 끄덕였다.

나는 밥을 먹다 말고 사진을 들여다보았다. 아직 서른이 채 되지 않은 아름다운 청년의 얼굴이었다. 엄마 말을 떠올리며 무지개떡과 비슷한 느낌인지 고심해보았다. 그러나 아무리 노력해도 나는 느낄 수 없는 감정이었다. 나도 떡을 좋아하지만, 떡 같은 느낌이 드는 사람은 이제껏 본 적이 없었다. 그러나 엄마가 어떤 마음으로 그런 말을 하는지 알았기에 결국 이렇게 말해주었다.

"자세히 보니 무지개떡 같기도 하네."

"그렇지? 무지개떡 같지?"

엄마는 기뻐하며 웃었다.

나는 그날 집으로 돌아오며 엄마가 참 엉뚱한 소녀 같다고 생각했다.

엄마는 자주 나의 딸 같고, 가끔 나의 엄마 같다.

예전엔 엄마가 딸 같은 게 싫었다. 엄마는 늘 엄마 같길 바랐다. 언제나 나를 감싸주고, 흔들림 없이 자리를 지키는 존재가 되길 바랐다. 하지만 이젠 그것이 다소 이기적인 마음이라는 걸 안다. 딸 같든 엄마 같든 엄마도 그저 한 명의 인간이라는 것을 말이다. 엄마에게도 나름의 취향이 있고, 꿈이 있고, 무지개떡 같다는 생각이 드는 남성상이 있는 것이다.

2021년 여름부터 2022년 여름까지 나는 '엄마'라는 테마로 세 편의 단편 소설을 썼다. 코로나 시대를 통과하며 쓴 글이기도 하다. 그 기간 동안 나는 엄마와 몇 달간 함께 살았고, 엄마가 이사 간 뒤엔 엄마 집을 오가며 밥을 먹기도 했다. 그러므로 이 소설집의 테마가 '엄마'가 되어버린 것은 어쩌면 자연스러운 결과인지도 모르겠다.

엄마와 가까이 사는 동안 나는 엄마의 고민과

꿈, 상념과 집념을 곁에서 목도했다. 그러나 만일 엄마가 이 책을 읽는다면, 자기 모습이 어디에 나오는지 몰라서 의아해할 것이다. 엄마의 일부분이 여기저기에 조금씩 숨겨져 있기 때문이다. 내 눈엔 그것이 잘 보이지만 엄마의 눈엔 조각난 1000피스짜리 그림 퍼즐처럼 보일 것이다. 일부러 그렇게 썼다. 누군가의 삶을 고스란히 소설로 옮기는 것은 나에겐 불가능한 일이다. 나는 내가 아는 엄마의 모습에 대해서만 쓸 수 있고, 어쩌면 그건 반쪽짜리 진실이 되기도 어려울지 모른다.

어쨌든 나는 엄마의 삶을 모티프로 삼아 세 명의 육십대 여성을 만들었다. 그녀들의 공통점은 세 가지이다. 가난과 노동 그리고 딸.

나는 실버 노동에 많은 관심을 갖고 있는데, 어느 정도는 나의 일이기도 하다는 생각에서다. 먼 훗날 나 역시 일자리를 찾아 배회하는 육십대 여성이 될 것이다. 그때까지 소설을 쓰며 안정적인 삶을 살 수 있을 거라고 낙관하는 소설가는 아마도 많지 않을 것이다. 지금도 소설을 써서 먹고 사는 일이 참 위태롭다는 생각을 하는데, 육십대가 되어서도 소설 쓰기로 밥벌이를 할 수 있을 거라는 기대는 거의 하지 않는다.

실버 노동은 다른 노동 문제에 비해 답을 찾기가 정말로 어려운 것 같다. 노년층의 일자리를 늘리는 것이 필요하다고 말하지만, 청년층 일자리가 더욱 시급하단 생각으로 귀결되는 경우가 많다. 그러나 앞으론 노년층 일자리 문제에 모두가 관심을 기울였으면 좋겠다. 이 책에서 그린 육십대 여성들은 노동을 원하거나, 노동을 해야 하는 상황에 놓여 있다. 그들의 풍족하지 않은 삶은 은퇴 후 연금 수령이라는 안정적인 루트에서 한참 벗어나 있다. 내가 주변에서 자주 목격하는 육십대 여성들 역시 그런 경우가 많았다. 나의 엄마도 그렇다.

엄마는 노동을 원하지만 노동을 두려워한다. 엄마의 개인적인 사정이 있고, 고민과 갈등이 복잡하게 얽혀 있기도 하지만, 엄마에게 노동은 기꺼이 끌어안기엔 겁이 나고 멀리하기엔 불안한 문제다. 어떤 노동을 할 수 있을지 고심해보는 엄마의 표정을 볼 때마다 나는 나의 미래를 보는 것 같다. 나 역시 환갑이 넘은 나이에 내가 할 수 있는 일이 뭔지 끊임없이 고민하며 하루를 흘려보낼 수도 있다.

가난에 대해 말할 때마다 나는 자연스럽게 노

동 문제를 이끌고 온다. 그러나 노동을 한다고 해서 가난에서 벗어날 수 있는 건 아니다. 그건 나도 알고 있다. 하지만 노동의 기회조차 없는 건 차원이 다른 문제다. 아직 살아 있고, 앞으로도 계속 살아가야 하는데, 먹고 살 수 있는 벌이가 없다는 것은 차라리 삶을 포기하라는 건가 싶다. 언젠가 공원에서 이웃 노인들과 한참 수다를 떨고 온 엄마가 내게 이렇게 말했다.

"다들 3천 원만 벌더라도 누군가 일 좀 시켜줬으면 좋겠대."

"3천 원? 너무 적은 거 아니야?"

"우리한텐 아니야. 3천 원만 벌어도 좋겠어."

나는 엄마에게 일자리를 같이 찾아보자고 말하며, 하루에 3천 원이 아니라 3만 원도 벌 수 있다고 허풍을 떨었다. 팬데믹 시대에 비대면 일자리로 빠져나간 인력이 회복되지 않아 대면 일자리의 공백이 얼마나 큰지 모른다고, 기사를 들먹이며 말했다.

엄마는 일신상의 어떠한 이유로 망설였지만 나역시 엄마가 양질의 일자리를 찾을 수 있을지, 체력 소모가 심한 노동을 하면 오히려 골병이 들지는 않을지 걱정되었다. 우리는 육십대 여성이 할 수 있는 일거리를 함께 떠올리며 하루를 흘려보냈다. 그날도, 또 다른 날도 우리의 고민은 엇비슷했다.

엄마가 자신의 미래에 대한 심각한 고민에 빠져 있을 때면 나는 엄마가 좋아하는 것들을 사 들고 엄마의 집으로 간다. 단팥빵, 떡, 과일 등등 대부분 몇 천 원이면 살 수 있는 것들이다. 한번은 시장에서 여섯 개짜리 복숭아 한 상자를 사서 엄마 집에 들렀다. 내 몫으로 두 개, 나와 함께 살고 있는 사람의 몫으로 두 개, 엄마 몫으로 두 개를 생각하고 거금을 들여 산 것이었다. 떨이로 바구니에 쌓아놓고 파는 멍든 복숭아가 아니라, 하나씩 정성껏 포장해 박스에 넣은 탐스럽고 고운 빛깔의 복숭아였다. 말하자면, 최상급이었다.

엄마는 한눈에 좋은 복숭아라는 걸 알아보았다.

"네가 다 먹지 왜 가져왔어."

"골라봐."

"너 다 먹어."

"골라보라니까. 맛있는 걸로 골라."

엄마는 말로는 너 다 먹으라고 하면서도 눈빛을 반짝이며 복숭아를 골랐다. 이걸 고를까, 저걸 고를까. 이게 맛있을까, 저게 맛있을까. 마침내 엄마는 두 개의 복숭아를 골랐는데, 공교롭게도 내가 찜해놓은 복숭아였다. 가장 빛깔이 곱고 탐스러운. 엄마가 너무 좋은 복숭아를 골라서 나는 웃고 말았다. 너 다 먹으라고 말했으면서 가장 좋은 복숭아를 고르다니…….

　　과일을 정말 좋아하는 우리는 재래시장 과일 가게에 자주 간다. 그러나 먹고 싶은 과일을 사는 게 아니라 그날 싸게 파는 과일을 산다. 과일 가게가 사라고 제안하는 과일을 사는 것이나 다름없다. 어떤 과일은 맛있지만, 어떤 과일은 아무런 맛이 나지 않거나 신맛만 날 때가 있다. 싸게 파는 것이니 그럴 수 있다고 생각하면서도 너무 맛이 없으면 잼으로 만들어버린다. 그렇더라도 잼이 되는 과일보다 뱃속으로 곧장 들어가 피가 되고 살이 되는 과일이 더 좋으니 매우 심혈을 기울여 과일을 고른다. 엄마와 나는 그때마다 얼마나 진지한지 모른다. 참외를 고르는 날카로운 눈빛과 재빠른 손. 남이 내려놓은 사과는 쏙쏙 피해가는 기민함과 구석에 숨어 있는 좋은 사과를 발견해내는 지구력. 과일을 고를 때 우리는 전투 자세가 된다. 진정한 한 팀이 된다.

　　툭하면 싸우면서 진정한 한 팀이라고 말하니 조금 민망하다. 최근에 엄마와 싸운 기억은 불과 이틀 전이다. 사실 싸운 것이 아니라 내가 일방적으로 잔소리를 한 것인데, 인상을 찌푸리고 차가운 말투를 썼으니 싸웠다고 봐도 무방할 것 같다. 엄마는 내가 잔소리를 퍼부을 때마다 언제부턴가 응, 알았어, 알았다니까, 하고 제대로 귀담아듣지 않는다. 내가 확인 차 다시 물으면 들었어, 들었다니까, 하고 역시나 건성으로 대꾸한다. 요즘엔 그런 엄마의 태도가 서운하기보다 도대체 나는 왜 이렇게 잔소리가 심한 딸이 되었는지 고민하고 있다. 어쩌면 나는 후회 없는 삶을 만들려는 불가능한 노력을 하고 있는 건지도 모른다.

어릴 때부터 나는 후회 없는 삶을 살고 싶었다. 어떤 선택을 하든 상관없지만, 선택에 대한 후회는 없어야 했다. 왜 그런 태도를 갖게 되었는지 생각해보았더니 아무래도 엄마가 범인인 것 같았다.

엄마는 후회를 정말 많이 한다. 틈만 나면 후회를 한다. 젊은 시절의 잘못된 선택과 결혼, 그 이후의 달라진 삶과 노년으로 접어든 지금의 삶을 모두 다 후회한다. 어찌나 후회가 깊고 자세한지 엄마의 말을 듣다 보면 엄마를 환생시켜주고 싶다는 생각이 들 정도다. 다시 태어나서 엄마가 원하는 인생을 후회 없이 살아봐야 할 것 같다. 그러면서 마음 한편으론 나는 절대로 엄마처럼 후회하며 살지 않을 거라고 다짐했다. 어떤 선택을 하든 열심히 그것을 하고, 후회는 절대로 하지 않는 것으로 말이다. 그러나 살아보면 안다. 후회가 자꾸만 고개를 쳐드는 순간이 있다는 것을. 그때마다 나는 상황을 완벽히 통제해보려는 어리석은 노력을 하면서 주변 사람들에게 잔소리를 늘어놓았다. 그렇게 하지 마. 그러면 잘못되잖아. 이렇게 해야 돼. 나는 확신을 갖고 말했지만 사실 그건 누구도 알 수 없는 문제다. 새옹지마라는 단어가 정말 무서운 말이라는 걸 깨닫게 된 지금은 어떤 일이 무엇을 이끌고 올지 인간은 절대로 알 수가 없다고 생각한다. 그러면서도 나는 끊임없이 잔소리를 한다. 부질없는 짓이다.

후회해도 된다.

엄마처럼 아주 많이 후회해도 된다. 완벽하지 않은 삶을 살았다고 자책하는 것이 이상한 일이라는 걸 깨달을 때까진. 그걸 깨닫고 나면 후회가 아무런 소용없는 일이라는 걸 알게 된다. 완벽하지 않아도 된다는 게 아니다. 완벽한 삶이란 원래부터 없다는 뜻이다.

엄마, 지금의 삶에서 좋은 걸 먼저 떠올리면 안

될까? 엄마에게 그런 취지의 말을 하려다가도 나도 모
르게 이렇게 말한다.

"엄마, 그 말 백 번은 들은 것 같아. 그만 좀 해."

딸이라는 건 도대체 뭘까. 얄미운 말만 골라서
하고, 자신의 삶은 엄마의 삶과 전혀 다를 거라고 자만
하고, 내가 없었으면 엄마는 정말로 큰일 났을 거라고
대단히 크게 착각한다. 그러나 엄마에 대한 깊은 통찰
이 찾아오는 드문 날이면, 엄마가 그 모든 고난을 뚫고
여기까지 와서 내 곁에 있다는 것이 놀랍다. 온갖 맘고
생을 했음에도 젊은 남자 배우를 보며 무지개떡을 떠올
리고 얼굴을 붉히는 게 기적 같다. 엄마의 마음에 아직
사랑이 남아 있다는 게 눈물겹게 기쁘다.

지난주엔 한낮에 혼자 천변을 걸었다. 주로 밤
에만 걷는데, 그날은 쉬고 싶은 마음이 들어서 낮부터
천변을 걸었다. 걷다가 떼 지어 다니는 버들치를 보거
나 하천 밑바닥에 누워 있는 게를 발견할 때마다 걸음
을 멈추고 바위 끝에 서서 물속을 한참 들여다보았다.
그때 내 핸드폰이 진동했다. 전화를 받았더니, 엄마가
대뜸 뒤돌아보라고 말했다.

나는 몸을 돌렸고, 주변을 두리번거리다가 저 멀리 계단 맨 위에 서 있는 엄마를 발견했다. 엄마가 내게 손을 흔들었다. 계단을 향해 걸어가며 엄마가 나를 한눈에 알아본 게 너무 신기하단 생각을 했다. 대낮에 물속을 가만히 들여다보고 있는 여자가 나인 줄 어떻게 알았을까. 한량처럼 보였을까 싶어서 민망했다. 바빠 죽겠다고 큰소리쳤는데 대낮부터 하천을 배회하고 있었으니 말이다. 엄마는 나를 보며 활짝 웃더니 새로 사귄 길고양이를 소개해주었다. 나는 고양이를 한참 동안 구경하다가 모기한테 물리고 나서야 정신이 들었다.

"엄마, 근데 난 줄 어떻게 알았어?"

"그걸 왜 몰라."

"멀리서 봐도 알아? 신기하네."

"야, 자기 자식 못 알아보는 엄마도 있냐?"

그 어떤 극한의 상황에서도 내 자식은 한눈에 알아본다는 자신감이 느껴졌다. 자식이 없는 나로서는 어떤 원리인지 알 수가 없었다.

나는 집으로 가겠다는 엄마를 데리고 쇼핑몰로 갔다. 옷가게에 들어가자마자 10분 만에 두 개의 외투를 고른 뒤 엄마에게 입어 보라고 말했다. 엄마는 얼른 가격표부터 살폈다. 나는 가격 따위 보지 말라고 호기롭게 말했다. 엄마는 2만 원이나 차이가 난다면서 싼 걸 집어 들었다. 나는 2만 원 더 비싼 점퍼를 건넸다. 엄마는 순순히 그걸 입어 보았다. 거울을 보며 역시 비싸서 그런지 소재가 더 좋은 것 같다고 말했다. 나는 그걸로 하라고 말했다. 엄마는 비싸다고 걱정했다. 나는 카톡 채널 친구 추가를 하면 할인해준다는 광고판을 슬쩍 확인한 뒤, 그냥 그걸로 하라고 큰소리를 쳤다. 내친김에 바지도 골랐다.

커다란 옷 봉투를 들고 있는 엄마의 얼굴은 행복해 보였다. 그러나 쇼핑몰 앞에서 헤어질 땐 이렇게 돈을 많이 써서 어쩌냐고 걱정했다. 나는 가을이 오고 있는데 새 가을옷이 있어야 하지 않겠느냐고 말하려다가 그냥 괜찮다고만 했다. 계절마다 새 옷을 사줄 수 있는 여유가 있었으면 좋겠다.

이 글을 쓰며 제목을 '나의 엄마, 나의 딸 연에게'라고 지었다가, 지웠다. 엄마의 엄마인 척하지만, 나는 엄마의 엄마인 할머니보다 엄마에게 훨씬 못해준다. 엄마의 엄마인 척하지만, 나는 여느 엄마들이 하지 않는 생색내기를 참 많이 한다. 엄마의 엄마인 척하지만, 멀리서 엄마를 보면 잘 못 알아본다. 모르는 아주머니를 엄마로 착각한 적도 부지기수다. 그렇더라도 나는 엄마가 나의 딸 같다는 글을 잘도 쓴다.

엄마가 이 뻔뻔한 글을 읽을 시간이 있다면, 차라리 무지개떡 배우의 사진을 한 번이라도 더 보는 편이 나을지도 모르겠다.

해설

살짝 귀엽고 한없이 현실적인 '엄마'의 변신담

— 안서현(문학평론가)

이서수의 소설은 현실적이다, 그의 소설을 읽은 독자라면 누구나 고개를 끄덕일 말이다. 하다못해 어느 날 엄마가 벌레로 변해버린 이야기라 해도 이서수가 쓴다면 현실적일 것이다. 그렇다면 그의 소설은 독자에게 왜 이토록 현실적인 느낌을 주는 것일까? 물론 이서수의 소설에는 주변에 꼭 있을 것 같은 인물들이 등장한다. 그들 사이의 대화도 실감난다. 그러나 비단 그것만은 아니다.

소설 작법에서는 인물을 그릴 때 그의 행동의 동기, 또는 그가 지닌 욕망을 제시하라고 말한다. 소설은 근대의 산물이고, 근대는 개인의 자유 의지가 그 무엇보다도 가치 있다는 신념에 바탕을 둔 시대였으므로, 소설의 인물을 소개할 때도 무엇이 그의 행위를 추동하는지가 중요했던 것이다. 그러나 이서수의 소설에서 인물은 주거, 노동, 그리고 채무의 조건과 함께 독자에게 소개된다. 인물의 동기는 그것들과 분리되지 않고 단단하게 결부되어 있다. 모든 인물은 주거와 노동과 가처분 소득으로 설명되는 존재, 다시 말해 살이와 벌이와 씀씀이의 존재인 것이다. 그것들은 그 인물의 운신의 한계이거나 행위의 배경이거나 성격의 근원이거나 야망의 근거이거나 성공의 수단인 것이 아니라 그 인물 자체라 할 수 있다. 이와 무관한 이른바 '순정'한 욕망이 존재한다는 것은 소설이 현실과 멀어지게 하는 오해다. 이서수의 인물들은 살 만한 곳에 살고 싶어 하며, 할 만한 일을 하고 싶어 하고, 그것에 대한 정당한 대가를 받고 싶어 한다. 사랑하지만 빚이 있어서 헤어져야 했다거나, 글을 쓰고 싶지만 돈이 없어 포기해야 했다거나 하는 식으로 인물의 동기와 경제적 조건이 분리되어 있는 것이 아니라, 씀씀이가 달라서 자연스럽게 관계가 멀어졌고 월세 정도는 낼 수 있을 것 같아서 쓰고 싶은 글을 썼다는 식으로 둘은 착종되어 있다. 이 정직한 출발점이 바로 우리로 하여금 이서수의 소설이 설득력 있고 현실감 있는 소설로 읽히게 하는 이유다.

　　물론 21세기 이후 한국소설에는 경제적 조건 때문에 조금 더 나은 삶을 살겠다는 동기를 포기해야 하는 인물들이 자주 등장했고, 또 경제적 몰락을 회피하려는, 즉 더 나빠지지 않으려는 것을 뿌리 깊은 불안이자 강력한 욕망으로 삼은 인물들도 심심치 않게 모습을 드러내곤 했다. 그러나 그 인물들은 여전히 개인의 욕망을 실현하는 데 장애가 되는 경제적 요인을 인식하거나 거부하려는 것이었지, 개인의 지향점이 곧 건전한 주거와 노동이라는 구체적인 것으로 제시되지는 않았다. 그래서일까, 이런 이서수의 인물론—나는 거주/노동한다, 고로 나는 존재한다—은 너무나 당연해 보이면서도 한편으로는 너무나 급진적인 것으로 보이기도 한다. 한국소설에서는 현실적인 것이 급진적인 것이 되는 이상한 역설이다.

　　마찬가지로 이서수의 소설은 가족도 돈을 떠난 '절대적인' 무엇으로 두지 않는다. 돈 벌기 힘들어도 가족 때문에 버틴다거나 돈이 없어도 가족과 함께한다면 그것이 행복이라고 말하지 않는다. 이전의 서사의 공식에는 가족이라는 의심하거나 소거할 수 없는 항이 있었다. 가족은 감히 돈에 비할 수 없을 만큼 귀중한 가치이자 인물의 존재 근거였으며, 확고한 서사의 중심이었다. 이서수의 이야기에서는 가족과 경제적인 것도 착종되어 있다. 경제적인 것이 가족을 만들며, 경제적인 것을 떠나서 가족을 말하기 어렵다. 돈을 벌지 못해 따로 살 수 없으니 가족이 되고, 돈이 없어도 버릴 수는 없으니 가족이다. 다음 대목에서 확인할 수 있는 것처럼, 이서수의 인물에게 가족은 경제적 책임의 공동체로 정의된다.

열일곱 살의 내가 떠올랐다. 나는 무엇 때문에 그 어린 나이에 악착같이 콘돔을 팔았나. 지금 그 돈은 다 사라지고 없는데. 혹시 나는 아이들이 더 이상 태어나지 않았으면 하는 바람을 품고 있었던 게 아닐까. 아이들이 태어나 가족이 만들어지면, 그 안에서 일어나는 모든 일들에 대한 책임을 나눠 져야 하니까. 그다음엔 룰렛 게임이다. 어떤 가족에겐 불행이 당첨된다. 불치병과 기나긴 투병 생활과 병원비 때문에 죽고 싶은 마

음이 당첨된다. 어떤 가족에겐 안도감이 당첨된다. 나
쁘지 않은 건강과 폭등한 자산 가치 때문에 살아볼 만
한 마음이 당첨된다.(42~43쪽)

'나'는 가족이라는 책임의 공동체를 버거워하면
서도 차마 그 공동체에서 벗어나기를 꿈꾸지 못하고 다
만 '돈 많은' 가족이었으면 좋겠다고 생각한다. 가족이
라는 관계 자체가 아니라 문제는 바로 '돈'임을, 이보다
더 선명하게 보여주는 문장들이 이전에 있었을까.

끝없이 이어지는 빚을 갚다가 모든 걸 버리고
싶다는 생각을 한 적이 있었다. 나의 가족을 내다 버리
고 싶었다. 그날 나는 집으로 돌아가지 않고 엉뚱한 역
에 내렸고, 난생처음 동작대교를 걸으며 나에게 가족을
버릴 만한 결단력이 있는지 고심했다. 우리가 가족으
로 맺어져 있는 게 슬프고 한스러웠다. 그러나 다시 태
어나더라도 부모와 전혀 모르는 사이가 되고 싶진 않았
다. 서로를 아예 모르는 채로 살아가는 삶은 상상할 수
없었기 때문이다. 다시 가족으로 만나, 이번엔 돈이 아
주 많은 가족으로 만나 서로에게 든든하고 편안한 안식

처가 되어주고 싶었다. 돈이 많으면 그런 가족이 될 수 있을 것 같았다. 우리 가족은 한 번도 그래 본 적이 없으니까. 돈 때문에 서로를 불신하고 불편하게 했으니까. 그런 생각을 하다가 결국 울었다. 다시 태어나도 나의 가족을 만나고 싶어 한다는 게 너무 싫어서 울었다. 돈 많은 가족. 돈 많은. 그 단순하고 편협한 수식어를 원한다는 게 웃기면서도 슬펐다. 그러나 내 마음을 확인한 이상 결국 집으로 돌아갈 수밖에 없었다. 돌아가 다시 엄마와 아버지의 딸이 되었다.(32~33쪽)

그러나 가족에게로 다시 돌아간 이 이야기는 '돈과 무관한' 대신 '돈 많은'이라는 수식어를 '가족' 앞에 붙이면서 이전의 전형적인 가족 서사와 크게 달라진다. '가족'이라는 단 한 마디로 독자들의 공감과 몰입을 이끌어내려 하던 과거의 수많은 이야기들과 달리, 이 이야기는 '가족'이 아니라 눈을 돌려 '경제'가 인물의 욕망이자 사건의 원인임을 보여준다. 그리고 깨닫게 한다, 사실은 언제나 '경제'가 문제였다는 것을. 이제 '가족 서사'가 아니라 '가정 경제 서사'의 시대인 것이다.

일반적으로는 모녀 관계를 그릴 때도 감정으로

얼기설기 얽혀 있는 의존과 집착, 분노와 애정, 연민과 원망이 서사의 원천이 되는 경우가 많다. 그러나 이서수의 소설들에서 모녀란 역시 다른 무엇이기보다도 끈끈한 경제 공동체다. 주거를 함께하고 노동의 고단함을 나누며, 때로는 채무에 대해 의논한다. 그것은 어떤 감정적 유대보다도 끈끈한 경제적 유대다. 이 책에서 만날 수 있는 세 편의 소설들에서도 집은 없고 빚만 안고 있다는 것, 일을 하지 못하게 되어 벌이가 끊겼다는 것, 병이라도 걸리면 고스란히 피부양자가 된다는 것, 이러한 사정이 엄마와 딸의 관계를 만들어가는 물적인 조건이다. 엄마와 딸의 관계가 비단 그것만으로 환원되고 축소된다는 의미는 아니지만, 이 관계에서 그 조건을 빼고 생각할 수도 없는 것이다.

　　이 책에 수록된 것은 엄마의 돌연한 변신을 다룬 '변신담' 세 편이다. 이 이야기들은 엄마를 부양하는 '엄마의 엄마'로 변신하는 딸의 변신담이기도 하다. 엄마는 딸에게 짐이 되고 싶지 않아 출가를 결심하기도 하고, 혼자 거침없이 자녀를 양육해온 스스로를 늑대 인간으로 상상하기도 하며, 딸과 사위에게 얹혀살면서 자신이 벌레가 된 듯한 기분을 느끼기도 한다. 그것은 어느새 뒤집힌 엄마와 딸의 부양 관계와 그에 대한 엄마의 자각에서 비롯된다. 딸도 그러한 엄연한 현실을 모른척하기는 어렵다. 엄마가 병에 걸리면 엄마까지 부양해야 할 일을 걱정하고, 엄마의 현실 로맨스보다는 엄마가 로맨스 소설을 써서 돈을 벌 수 있는 가능성에 더 관심을 가지며, 엄마가 정신장애인 인정을 받아 보조금을 받을 수 있을지 함께 상의한다. 물론 거기에는 이유가 있다. 그것은 엄마를 떳떳한 경제적 주체로 세우는 것만이 정당한 모녀 간의 사랑의 방법이기 때문이다. 경제적 사정 때문에 주눅 드는 엄마를 별것 아니라는 듯 위로하는 것은 그다음 문제다. 못 이기는 척 엄마를 버리러 가는 여행에 따라 나서기는 했지만 실은 엄마를 위해 불꽃놀이 도구를 많이 사온 것도, 차마 안부를 물어보지 못하던 엄마의 로맨스 소설을 읽으며 '암 늑대'로 변한 엄마의 등에 어린 시절처럼 올라타는 상상을 하는 것도, 카프카의 『변신』 이야기를 하던 엄마의 표정이 마음에 걸려 시원한 생맥주를 먹으러 가자고 권하기로 마음먹는 것도, 슬쩍 숨겨둠으로써 믿을 수 없을 만큼 산뜻하게 처리된 엄마에 대한 공감의 표현이다. 그것은 엄마를 단순히 위로와 연민의 대상으로 만들지 않고 경제적 책임의 주체로 세우되 응원과 애정을 표시하는 딸들의 방식이다. 이 외에도 이야기 표면 뒤에 숨겨진 이면의 드라마는 더 있다. 그것은 바로 엄마의 드라마다. 그 이야기를 끝까지 파헤친다면 아이를 포기하려 절에 갔던 엄마의 발길을 되돌린 애처로움이, 남편의 무책임에도 끝까지 자녀들을 키운 늑대 같은 자신에 대한 자부심이, 혼자 있을 때 곱씹어 보는 딸과 사위를 향한 미안함이 있다. 그러나 엄마 또한 이러한 마음들을 '현실적인' 이야기 뒤에 숨긴다. 그것이 이들의 방식이기 때문이다. 요컨대 가족을 지키고 싶은 마음과 그것이 불가능한 현실 사이에서 갈등하는 엄마의 마음이 표현된 것이 바로 이 변신담들이다. 다시 말해 엄마에게 부담을 지우지 않을 수 없으면서도 부담을 지우지 않게 해주고 싶은 마음과, 딸에게 아예 부담이 되지 않을 수 없으면서도 부담이 되지 않고 싶은 이 다정한 책임감의 관계가 나타난 것이 이서수의 모녀 서사다.

특히 두 번째 이야기, 웹소설 작가로 변신하려 하는 엄마의 변신담은 이서수 작가가 쓰는 변신담의 또 다른 의미를 보여준다. 이서수의 소설에는 자주 '부캐'를 지닌 인물들이 등장한다.

퇴근 후 밤에 소설을 쓰면서도 그 어느 때보다도 행복해하는 '나'와 자신도 딸을 따라 소설 쓰기에 도전해서 "암 늑대 김수련의 사랑"을 쓰는 '엄마'처럼, 인물들은 '평생 직업'이라는 것이 없어지고 있는 시대의 생활인으로서 '부업'이나 '부캐'를 받아들인다. 그것이 자기가 하고 싶은 일을 하느라 다 벌지 못하는 것을 벌충하는 '부업'이든, '본캐'의 삶의 고단함을 위로받고 자신이 하고 싶은 것을 해보기 위한 '부캐'이든, 자신의 다른 모습을 꺼내는 것이 낯설지 않은 시대이고, 그래서 이서수의 현실적인 인물들은 자주 변신할 수밖에 없다.

어쩌면 이 징후적인 전도, 그러니까 주거와 노동과 지갑 사정이 곧 인물 자신임을 보여주는 것이 바로 이서수의 소설이고, 우리가 이서수의 소설에 주목하고 공감하는 것은 바로 그 지점에서 비롯된다. 그러나 그러면서도 그 안에서 그러한 전도를 다시 뒤집을 수 있는 또 한 번의 역전을 독자는 원한다. 엄마의 변신담들 속에서 엄마의 귀여움이라는 '치트키'를 발견할 때 독자가 안도하는 것은 그래서이다. 그러나 그것은 결코 '엄마'가 불러일으키는 감상에 기댄 손쉬운 전도는 아니다. 세 편의 엄마 변신담들은 엄마의 귀여움, 엉뚱함,

그리고 '조금은 이상한' 면들을 보여준다. 절에 갔다가 얹혀살려는 게 들통났다는 말에 황급히 돌아 나오는 엄마, 생활고에 시달린 나머지 마트에서 애호박을 훔치려 하다 늑대로 변신하는 '김수련'의 스토리를 열심히 쓰는 엄마, 장애인 등록을 위한 서류를 요령껏 받아야 하는데 너무 정직하게 털어놓았다가 퇴짜를 받고 마는 엄마. 이러한 모습들은 강한 생활력을 보여주지만 분명 그것만은 아닌 '부캐' 엄마의 숨길 수 없는 일면, 바로 '귀여움'을 보여준다. 결국 이 세 모녀는 서로 책임져온 과거와 책임지는 현실에 대한 고마움, 서로를 책임졌고 책임지고 있다는 자부심으로 분리 불가능하게 맺어진 불완전한 경제적 연대이며, 이들 딸과 어머니의 관계의 역사는 한없이 현실적인 변신담으로 다시 쓰이지만 그 안에 숨겨진 '귀여움' 때문에 독자는 실제 돈이 아니라 책임감으로도 지불이 가능한 이 모녀 세계의 엉뚱한 빈틈을 읽고 조금은 안도할 수 있는 것이다.

관계나 욕망을 자꾸 '순정한' 것으로만 상상하고 돈과 얽힌 감정, 경제와 분리되지 않는 삶을 다루기를 주저함으로써 한국소설은 동시대의 다른 서사 장르에 비해 복잡다단한 현대의 삶을 그리는 데 너무나 뒤처져버렸다. 이러한 점에서 이서수는 한국소설의 현실 감각을 일깨워 주는 너무나 귀중한 작가다.

　　요약하며 마무리하자. 이 소설집에 수록된 이야기들은 전형성을 탈피한 귀엽고도 발칙한 엄마들의 변신을 보여주는 한편, 상투적인 이야기를 거부하며 지극히 현실적인 '가정 경제'의 이야기를 통해 모녀 서사의 변신을 보여주고 있다. 계속해서 달려라, 이서수의 엄마들.

트리플 17

엄마를 절에 버리러
© 이서수, 2023

초판 1쇄 인쇄일 2023년 4월 3일
초판 1쇄 발행일 2023년 4월 7일

지은이·이서수

펴낸이·정은영
편집·방지민 전유진
마케팅·유정래 한정우 전강산
제작·홍동근
펴낸곳·(주)자음과모음
출판등록·2001년 11월 28일
          제2001-000259호
주소·경기도 파주시 회동길 325-20
전화·편집부 02) 324-2347
          경영지원부 02) 325-6047
팩스·편집부 02) 324-2348
          경영지원부 02) 2648-1311
이메일·munhak@jamobook.com

ISBN   978-89-544-4886-4 (04810)
          978-89-544-4632-7 (세트)